DOMAINE FRANÇAIS

Editeur : Marie-Catherine Vacher

LA CHAISE KLUMBERT

ISBN 978-2-7427-6709-0

Illustration de couverture (et p. 190) :
Dessin de Robin Day

JP Christopher Malitte

LA CHAISE KLUMBERT

ACTES SUD

à Alain Régis (1948-2006)

à Robin Day

"(...) il déterra l'intolérable hypothèse grecque de l'Eternel Retour et essaya de trouver dans ce cauchemar de l'esprit une raison de se réjouir."

JORGE LUIS BORGES,
Histoire de l'infamie,
histoire de l'éternité.

— (...) vous êtes un psychorigide !
— Je ne suis pas UN *psychorigide, je suis* LE *psychorigide. Dans l'entreprise, il en faut un, c'est moi !*

Propos rapportés
avec l'aimable autorisation
d'Etienne Robial.

Golden lady, golden lady I'd like to go there.

STEVIE WONDER.

"Je suis incapable de lire le français, je n'ai donc pas lu ce roman. Quoi qu'il en soit, il est question du design d'une chaise et cela pourrait se faire l'écho de mon expérience. J'ai conçu, en 1963, une chaise empilable qui était révolutionnaire et fut abondamment copiée. Il s'agissait d'une coque en polypropylène moulée par injection et cette technologie avancée a donné naissance à une chaise indestructible et bon marché, produite en masse. Elle a été fabriquée par dizaines de millions."

ROBIN DAY, le 5 octobre 2006.

PRÉLUDE

17 décembre 1991 – bulletin météo de 5:30 p.m.

LE CYCLONE DILLON
FAIT PARLER DE LUI

Les experts de la NOAA (National Oceanic and Atmospheric Administration) ont revu leurs prévisions à la hausse en ce qui concerne le développement du phénomène cyclonique Dillon. Des conséquences climatiques majeures sont à craindre dans les six prochains mois. Un pronostic qui devrait se confirmer au printemps prochain. La sécurité civile se tient prête, particulièrement dans le Sud-Est du pays.

ADAM SMOCKIN pour KWA.

UNE JOURNÉE IDÉALE

Lundi 4 mai 1992

Je m'appelle Humbert Klumbert, j'ai quarante ans depuis vendredi. Ce matin encore je me suis réveillé au bord du lit, entortillé dans les draps comme une araignée dans ses fils.

Mon premier contact avec le sol ne s'effectue jamais du pied gauche (humeur oblige). Une main sur le parquet, l'autre sur le boutis, je me déroule lentement. Première figure imposée : mon gros orteil décrit un arc de cercle. Je prends appui sur la plante du pied droit. Si le gauche effleurait le sol avant l'autre, j'en serais fort marri.

Dieu sait comment finirait une journée entamée du mauvais côté.

Et je suis droitier, il n'y a pas de raison de commencer la journée du pied opposé. C'est tout. Mes sommeils sont comme de longs comas, sans rêves, ou alors je ne me souviens pas… Ils me laissent invariablement hagard, au bord du lit, avec un goût de cuiller à sirop dans la bouche. J'aime bien que le soleil du matin zèbre les murs, le soleil c'est toujours bon signe. C'est mon horloge à moi. Et sur Michigan Avenue, il y a toujours un rai de lumière qui joue avec les stores tôt le matin.

Dieu sait comment finirait une journée entamée sans soleil.

Pied posé : journée commencée.

Je repasse le lit avec la paume de ma main, droite puis gauche. Là, quand la surface est bien lisse, je m'assois en tailleur et récite un psaume. Toujours le même. Le XC. Mon préféré. Il n'y est question ni d'apocalypse, ni de péché, ni de courroux. Le XC invoque la protection. Et on ne peut pas refuser la protection divine.

Protection invoquée : protection accordée.

Il faut de la lumière maintenant : la lumière, même artificielle, égaye l'esprit. Les médecins utilisent même des rangs de tubes fluorescents pour rétablir le moral des travailleurs de nuit. Photothérapie, qu'ils disent. Je ne vois pas pourquoi je m'en passerais. La Constitution n'interdit pas d'équiper son plafond à sa guise, ni de posséder une arme, ni de se masturber sous la douche. Du moment que la salle d'eau ne se trouve pas sur la voie publique. Je suis citoyen américain, depuis peu, mais cela me donne le droit d'abuser des plafonniers fluorescents – sans prescription – simplement parce que ma vie en dépend – et qu'on ne me parle pas de lampes halogènes ou de ces basses tensions sur câble ! Rien que des dalles de 60 x 60 en polycarbonate opale diffusant, fixées sur des cornières alu en L. Je les scrute, le matin, à l'allumage, elles clignotent, elles crépitent.

FIAT LUX.

J'ai toujours un plein carton de tubes de rechange, on ne sait jamais, parfois, ils grésillent, ils grésillent sans fin et calent à l'allumage. Je n'aime pas qu'on cale à l'allumage, ça m'irrite. C'est pas bon signe, un plafonnier qui rate son entrée ! Une journée sans un quota raisonnable de lumière artificielle, Dieu sait où ça peut mener. A la démence peut-être…

L'appartement, de plain-pied, offre une double exposition est-ouest et réclame deux mille quatre cents dollars de loyer mensuel. On y accède par un patio rectangulaire à la mexicaine encadré par un muret en briquettes ocre-jaune avec un petit portail bois sur paumelles laiton. La terrasse en dalles accidentées distribue trois appartements. A ma gauche, deux adolescents. Le genre à parader en pick-up rouge Mitsubishi pour Springbreak, il n'y a même pas de nom sur leur boîte aux lettres. Leur porte isole très bien du bruit, je veux parler de leur chaîne hi-fi et de leur musique de jeunes. Dieu bénisse* ! A ma droite, Mme Santa Maria (elle tient à ce qu'on dise madame), une jolie petite porte arrondie au sommet, toute de bois ouvragé avec un judas en saillie (une petite fenêtre façon vitrail) par lequel elle guette tout ce qui bouge, surtout mes allées et venues : "Vous êtes bien pâle, Klumbert, vous travaillez trop !" ou bien : "Vous savez comment a fini mon pauvre Hector, alors levez le pied tant qu'il est temps !" Elle ne sort que deux fois par semaine, pour faire le ménage dans mon appartement ou me remettre des colis. Le reste du temps, je l'imagine vêtue d'un peignoir en éponge bleu canard, chaussée de vieilles mules, parlant à un chat ou à la photo d'un basset en noir et blanc, elle-même à côté d'un portrait d'Hector en uniforme et d'un petit pot rose clair d'Oil of Olaz. L'appartement, ce n'est pas le grand chic, mais pour du provisoire, c'est plutôt

* L'équivalent de "grâce à Dieu", *dixit* ma grand-mère maternelle. *(Toutes les notes sont de l'auteur.)*

bien situé, dans un quartier parmi les mieux desservis de Santa Monica. Le matin, je fais jouer un vieux poste de radio de marque Klervox (négocié vingt-cinq dollars soixante-quinze cents chez un prêteur sur gages de Pasadena). J'ai beaucoup d'affection pour l'objet. Pour sa façade en plastique noir rainuré, son placage faux bois et aussi pour sa basse-fidélité sonore. Il déverse les bulletins d'information de KWA en continu, un peu de musique et beaucoup de jingles pub. J'ai pris goût aux accents péremptoires des promotions du K-Mart. Ça claque comme une bannière étoilée vissée au mât d'une guérite de maître nageur. Quand on est originaire d'Europe, on apprécie ces choses-là. Et aussi le parfum entêtant des lys de mai sur Olympic Boulevard, le centre commercial Santa Monica Place, avec la déco géante du *Warner Brothers Store*, même les derniers cabriolets blancs de chez Mustang – la route est à eux – et le soleil qui fait plisser les yeux des touristes allemands... C'est tellement exotique.

Dans la salle d'eau, tout est simple : carreaux de faïence 10 x 10 tout hauteur, plinthes à gorge, et linoléum à pastilles antidérapantes. L'armoire renferme trois rayons de produits soigneusement compartimentés. A gauche du lavabo, une butée carrelée délimite le bac de douche. Le lavabo et la cuvette des toilettes sont désinfectés avant et après chaque utilisation. Avant de m'asseoir sur le trône, je dispose une couronne de papier hygiénique pour éviter que mes parties génitales n'entrent en contact avec l'émail. En matière de sanitaires, je suis intransigeant : c'est chez moi et nulle part ailleurs ! Pour le rasage aussi, je procède par étapes. Tout d'abord, je dégrossis le poil avec la tondeuse escamotable du rasoir électrique. Ensuite, je me rase en étirant la peau. J'étale la mousse à l'aide d'un blaireau et révèle finalement des tranchées de peau rose avec le rasoir à main. Malgré mes efforts, je suis toujours sujet à de disgracieux petits boutons rouges. Et parfois même, le fin du fin, je me coupe.

J'ai coutume de me laver le visage avec un pain dermatologique. J'applique ensuite un masque à l'argile rouge. Dès que la croûte est sèche, mouchetée de taches sombres de sébum, je la fais fondre sous l'eau chaude. Je passe la brosse à dents électrique de bas en haut et de haut en bas en prenant bien soin de ne pas heurter les gencives. Pour être efficace, un brossage doit durer une bonne minute. Je gonfle mes joues d'eau claire en la faisant bien circuler d'un côté à l'autre. Je crache et je rince la fine moustache de mousse fluorée qui ourle mes lèvres. J'enroule autour de mon majeur droit puis gauche le fil dentaire n° 2 importé de Suède. Une fois l'écart réduit, je vais chercher les reliefs indésirables, après quoi le fil rosâtre atterrit dans la poubelle. Je remplis un verre de solution antiseptique bleutée, de quoi faire cinq ou six gargarismes. Passons à la douche. Je savonne le nombril, le pénis, le prépuce : je décalotte, je calotte, je savonne (ça me regarde), les aisselles, chaque doigt de pied, je rince à l'eau claire. Pas un pli, repli du ventre, pas un centimètre carré de peau, de muqueuse accessible, d'ongle (avec la petite brosse en bois), de toison n'échappe au nettoyage. L'éradication des impuretés est un rituel que je prends très au sérieux. Mon shampooing est un mélange maison de shampooing pour bébé et de shampooing d'institut à quatre-vingts dollars la bouteille. Je gratte bien fort le cuir chevelu, j'active la circulation, il paraît que ça ralentit la calvitie. Rinçage. Après-shampooing. Rinçage. Crème corporelle hydratante. Une serviette autour des hanches, je rabats machinalement mon absence de cheveux vers l'avant et j'attends qu'ils sèchent au gré de mes allers-retours. La toilette est finie.

Ma gymnastique matinale se résume à une série de pompes. Quarante et une, parce qu'un jour, peu après mon arrivée aux Etats-Unis, j'ai entendu Larry Blount, du télé-achat, pérorer sur un rameur dernier cri. "Quarante chaque matin !" jappait-il, en bermuda mauve à lacet et débardeur de sudation Everlast. Une flexion supplémentaire, c'est tout ce qu'il me faut pour déroger aux prescriptions athlétiques de Larry Blount. Je fais mes pompes, avec mes chiffres, et ce n'est pas un idiot de prof de gym de chaîne câblée qui va me dire combien ! Quarante et une sur les poings, pour la corne des phalanges. Le matin, il faut solliciter le tonus musculaire d'entrée de jeu. Avec ça, les pectoraux sont tendus, les abdominaux également.

On ne saurait démarrer une journée sans provoquer une tension raisonnable.

Puis c'est le moment de passer mon costume sombre. Celui en toile fil-à-fil pure laine. Du reste, je ne possède que celui-là, en dix exemplaires parfaitement identiques alignés dans la penderie. Un bras, puis l'autre. Je secoue les épaules pour faire tomber correctement ma veste. Pas de marque, j'ai découpé l'étiquette au col et décousu celle de la manche gauche. Rien d'extravagant : coupe droite trois boutons, col tailleur avec fausse boutonnière, deux poches passepoilées à rabat, une poche poitrine passepoilée et quatre poches intérieures (deux passepoilées plus deux passepoilées boutonnées). Deux fentes dos, intérieur entièrement doublé. J'enfile un pantalon à double pince. Bas non finis. Je n'aime pas les ourlets. Il y a toujours un kleenex ou un cent à l'intérieur des poches italiennes. Je zippe ma braguette, ferme l'agrafe puis engage le bouton. Je glisse dans les passants une ceinture en croûte de cuir vachette noire enduite légèrement bombée, celle avec la boucle en métal en H. Comme Humbert. La doublure est en synthétique, soit, et après ? Je chausse une paire de derbys montants noirs à lacets (dessus cuir en veau glacé, doublure et première croûte de cuir sur semelle élastomère). J'en ai une vingtaine, toutes semblables. Avant de mettre le nez dehors, j'ai coutume de faire le tour de la maison. Je vérifie que les robinets ne gouttent pas. Je tourne le bouton de la plaque électrique dans les deux sens. Allumé-éteint. Allumé-éteint. J'aligne tout ce qui me paraît bancal. Je passe un doigt sur la semelle du fer à repasser. C'est plus fort que moi, malgré la prise qui pend dans le vide, il faut que je touche la semelle du fer. Elle est froide. Evidemment. J'ouvre plusieurs fois ma sacoche en faisant cliquer les fermetures. Une main dans la poche droite du pantalon, mon porte-cartes s'y trouve. C'est bien. Un dernier tour, celui des interrupteurs de la maison. Allumé-éteint. Allumé-éteint. Je gagne alors l'entrée et je claque la porte sur l'appartement, habité par une lumière d'appoint et les flashes incessants de KWA. A ce moment précis, je tourne la clé sculptée dans la serrure trois-points : deux tours à gauche, fermeture inversée, puis deux tours à droite. J'effectue l'opération cinq fois pour finir par deux ultimes tours de clé – shlanshlank – et je m'assure que la porte est bien verrouillée. Quelques pas encore et ce sera l'heure du petit-déjeuner. Je me plante devant l'arrêt de bus Bellway, presque en face de chez moi. Chaque matin, quand le car scolaire s'immobilise, il déverse une grappe de gosses. Une vingtaine, des bruyants, des joyeux. Il y a aussi cette blondinette en teddy bicolore, minijupe et regard mélancolique. Elle doit avoir douze ans, mais elle fait un peu plus. Du lundi au vendredi, le bus jaune la dépose au carrefour. Le blouson est certainement celui de son grand frère. Elle ne s'est jamais aperçue de mon manège. Je fais des pronostics. Je minute. Ça fait quelque temps que ça dure. C'est un jeu. Je me lance des paris. A quelle heure viendra-t-elle ? J'ai même réparé une vieille Jaeger-Lecoultre (toujours mon prêteur sur gages de Pasadena) pour la chronométrer. Aujourd'hui, elle a trois minutes d'avance. J'avais anticipé.

J'anticipe toujours.

Bruno's fait l'angle avec une église pentecôtiste New Age. *Bruno's*, c'est la cafétéria au croisement d'Olympic entre l'enseigne de néon bleu et le billboard HE'S ALIVE…

Il est ressuscité, à ce qu'on dit !

Dawn Spaliari sert des cheeses-cakes, des pumpkincakes, des hot-dogs, du cherry juice et un jus noir parfois coiffé de crème de lait. “Cappuccino !” claironne-t-elle. A l'heure d'avant l'heure des autres, *Bruno's*, c'est mon repaire. *Bruno's.* Ses banquettes boutonnées en moleskine vieux rouge. Odeur de Merit froide et en nappe sonore : Jackson Browne, Smockey Robinson, Detroit Emeralds ou même Sister Sledge. “Without you”, quelle justesse ! (Rogers/Edwards, Warner-Chappell, milieu des années soixante-dix, je me suis renseigné, cette chanson a un goût particulier d'Amérique). Dans son tablier brodé “Dawn”, Mrs Spaliari soliloque, elle ressasse *I will always love U* de Dolly Parton, et des ballades country. Celles qu'affectionnent les “cous-rouges” en stetson. Je hais leurs cordons de cuir à tête de cheval en turquoise et leur chemise bicolore Chevrons et leurs jeans aussi. Mais ils sont rares à cette heure-là. J'amoncelle toujours les petites pièces argentées sur un dollar plié en quatre, en coin de table. Le compte y est. Je déchire un angle du ticket de caisse, pour mémoire, et le petit-déjeuner peut commencer. Je découpe soigneusement mes aliments en petits carrés égaux. Je les empile en petits tas et figures géométriques. Près de l'assiette, un dévidoir à serviettes en inox, un flacon rouge de "hot" ketchup Heinz, un tube jaune pour la mayonnaise Beckler, une salière bleue à couvercle blanc, du poivre au moulin et de la margarine Klesp aux acides gras poly-insaturés, Dawn la fait venir de Belgique exprès pour moi. Parfois la perspective des banquettes est idéale : pas un chapeau de cow-boy pour corrompre l'alignement, pas de casquette L.A. LAKERS... Un routier descend de son Mack, et pousse les battants dans un remugle d'huile de vidange. Au fond, Bruno fait sauter des steaks sur une plaque noire comme un radiateur de camion. Sur la porte des toilettes, une reproduction bon marché de *Nighthawks* (1942, The Art Institute of Chicago). Le débit de boissons naturalisé par Hopper. Comme si *Bruno's* s'offrait un lien de parenté avec le *Phillie's* du tableau. Hopper joue tout de même une classe au-dessus. *Phillie's* : son imposante façade en verre. Lumière jaune en douche, jusque dans les ruelles et la vitrine d'en face. Son comptoir triangulaire en acajou. Ses tirages à marmite (tirages ou percolateurs). Ses tabourets hauts, en cuir. Ses clients, l'air concernés. Deux mâles en costume sombre et feutre mou, dont un nous tourne le dos, Bogart et Dean à ce qu'il paraît. Barman à calot blanc, comme un Popeye, courbé sur le lave-verres. Et cette rousse, inquiétante et de rouge vêtue. Est-ce qu'elle va arrêter de fixer ses ongles ?

(Bruno, en fait, il s'appelle Luigi.)

Dawn ne me pose jamais de questions. J'entre, commande, consomme et pars. C'est une bonne chose.

D'un point de vue purement spatial, je préfère la Californie à l'Europe. *Exit* les ruelles labyrinthiques de Pérouse, les sens uniques parisiens ou viennois. Ici, les rues sont routes ou autoroutes, ou même avenues. Des highways larges, interstates, freeways ou drives mystérieux qui se diluent dans les hauteurs de Burbank. En main courante, d'interminables murets irriguent la banlieue angeline, de part en part, avec des poteaux télégraphiques et des placards institutionnels ou avertissements au pochoir *Liquor*, *Severe tire damage*, *Welcome to Sta Monica*.

Je me rends au bureau à pied (Broadway 1501), c'est facile : suivre L.A. avant le grand panneau LOS ANGELES. Encore une belle ligne droite sillonnée par des vaisseaux spacieux, confortables limos ou Infinity ou Chevy ou encore breaks Ford à soubassements bois. Je ne regrette pas la *Sauerkraut**, les vieilles qui monopolisent les banquettes dans les salons de thé, le café viennois, les tapisseries chamarrées, le roulé aux graines de pavot. L'Europe, c'est derrière, maintenant, c'est l'Amérique. L'Amérique du Nord me fascine, parce qu'elle est massive, arrogante et manichéenne, et religieuse aussi. L'Amérique des *lifeguards*** en pick-up, des pompiers dans leurs beaux camions rouges. Dès le tapis roulant de l'aéroport Tom Bradley, il s'est passé quelque chose. C'était il y a trois ans. Le portrait du président me

* Choucroute.

** Maîtres nageurs sauveteurs.

souhaitait la bienvenue sur le territoire des Etats-Unis d'Amérique. Merci bien. Ici c'est "voiture-culture". Les piétons ont battu en retraite, sauf au centre – mais on n'a pas idée d'habiter au cœur de L.A. : Downtown, c'est l'enfer ! Le *traffic-jam** du soir, du matin. Pare-chocs contre pare-chocs, klaxon contre klaxon.

6 a.m. to 9 a.m.
4 p.m. to 7 p.m.

Rush hours, qu'ils disent.

L'entrée d'IBC est barrée par une grille, une guérite sur le côté et un tourniquet pour les piétons. Pour accéder au jardin, j'attends qu'une voiture déclenche l'ouverture du portail électrique avant de m'y introduire. C'est un jeu d'enfant de se faufiler à l'intérieur avant que les rabats ne se referment. Un jeu qui semble irriter prodigieusement le directeur technico-commercial d'IBC, quand il arrive au volant de sa Porsche :

— Klumpet, faites gaffe, nom de Dieu ! Un jour vous finirez sur le capot avec vos conneries ! aboie-t-il avant de disparaître dans les profondeurs du parking.

J'avance à la manière d'un compas grand ouvert, en évitant scrupuleusement les joints des carreaux de béton. Les deux vantaux siglés IBC s'écartent sur mon passage. IBC, c'est la société qui me loue des bureaux à l'année, disons plutôt un box et une adresse postale.

Je suis dessinateur industriel. De nos jours on dit plutôt "designer". Pour cela, j'ai suivi une formation rigoureuse. Mes études techniques ont débouché

* Embouteillage.

sur une spécialisation en ergonomie, ma discipline de prédilection : le mobilier. Je m'appelle Humbert Klumbert, créateur de la chaise éponyme. Vous avez certainement déjà entendu ce nom-là. Le jour de mes vingt ans, au cours de ma deuxième année à l'Ecole nationale des industries appliquées de Salzbourg, j'ai inventé cette chaise. Un modèle révolutionnaire, a-t-on dit. Piètement en tube acier laqué époxy noir et assise en polypropylène pressé-moulé blanc (aspect grené). La première chaise empilable à l'infini. La chaise des collectivités, des facultés de médecine, des restaurants d'entreprise, des bibliothèques municipales, des clubs de bridge, des salles des pas perdus, des salles d'audience, des palais de justice, des salles d'attente des orthodontistes, des cabinets de radiologie. La chaise que les dames de service retournent sur les tables des cantines d'école avant de passer le lave-pont. Brevet et modèle déposés. Licences internationales. Arrêt brutal des études. J'avais la sensation qu'on me baladait de biennales de design en salons des arts ménagers. J'ânonnais jusque dans les amphithéâtres de la prestigieuse Universität für angewandte Kunst Wien aux côtés de plasticiens et autodidactes renommés : Paolo Piva, Hans Christian Attersee, Walter Lürzer, Zaha Hadid, Adolf Frohner… Je remettais des diplômes aux élèves méritants à Vevey, en Suisse. Je traçais mécaniquement "la Chaise" sur un paperboard (les étudiants se battaient toujours pour récupérer la feuille et même le feutre que j'avais utilisés). Les récompenses s'entassaient chez mes parents dans des cartons plus ou moins volumineux ; mon père les alignait méthodiquement dans l'entrée, près des boîtes à archives renfermant les coupures de presse. Ma vie consistait à monter dans des taxis et en descendre, dormir un peu et quitter des chambres d'hôtel, emprunter des navettes, arpenter des salons, inaugurer des écoles ou des salles de conférences.

La licence de la chaise baptisée HK-01 a été négociée avec Hans Vectra, un industriel taiseux basé en Suisse, à Birsfelden, sous la férule d'un thuriféraire qui faisait claquer les fermetures en laiton de sa mallette en similicuir noir. Pendant la finalisation des licences, il m'a inondé de vocabulaire juridique, de contrats agrafés en multiples exemplaires avec avenants et clauses spéciales.

— *Herr* Klumbert, vos revenus seront pratiquement inépuisables, ayants droit compris, jusqu'à la cinquième génération.

— Je signe où ?

— En bas à gauche de l'en-tête, précédé de la mention “lu et approuvé” et vous devez parapher chaque page, aussi, *bitte*.

— Vous n'allez pas le regretter, c'est une prestigieuse maison.

— Nous gérons aussi les licences de Charles et Ray Eames, Verner Panton.

— Vous avez signé Ducaroy et Mourgue aussi ?

— Non, mais nous avons Ron Arad, Marteen Van Severen, Dieter Thiel, Jasper Morrison et même un jeune rigolo du nom de Philippe Starck.

— Et Le Corbusier, aussi ! a maladroitement renchéri le juriste.

— Cigare ?

— Non merci monsieur Vectra, je ne fume pas.

Mon histoire est celle d'un succès. Entendez un seul et unique succès. Une chaise. Un trait d'esprit sans lendemain. Une fulgurance orpheline. Et depuis, je me lève chaque matin avec une idée en tête :

“Ne pas être l'homme d'une Chaise.”

Cet agenda de ministre eut raison de ma vitalité. J'approchais de la quarantaine et il m'arrivait fréquemment de m'assoupir pendant les discours, comme ce mardi après-midi à la faculté des arts et métiers de Graz. Le soleil chauffait l'amphi et les gradins bourdonnaient. J'étais assis sur l'estrade, à côté du doyen qui se répandait dans un discours interminable. Comme quand j'étais petit, je cherchais le centre de gravité de la chaise en m'appuyant des deux pieds sur le bureau qui nous faisait face. Ce petit va-et-vient eut raison de ma vigilance. Un élève a crié :

— Hé ! Regardez l'homme-Chaise, il pionce !

Cette phrase me tira de ma torpeur et rompit le fragile équilibre dans lequel je me tenais. Quand la Chaise a basculé, j'ai vainement tenté de me rattraper au bureau. Shlonk ! Le doyen s'est interrompu tandis que les rires enflaient dans les gradins. Je suis resté à l'horizontale, les pieds en l'air, pendant cinq bonnes minutes. Quand je me suis relevé, j'avais des certitudes.

— Jeunes gens, tenez-vous-le pour dit : la Chaise Klumbert n'est pas le rocking-armchair d'Eames !

J'ai rempli ma sacoche et j'ai quitté l'estrade avec de nouvelles résolutions.

Faire le deuil de mon vieux psychiatre autrichien, partir pour les Etats-Unis, contrôler mon cholestérol, mon agenda, ma santé mentale, mon hygiène, mon agencement intérieur. Chaque jour, depuis mon accident de Chaise, je me cheville à la table, dimanches et jours fériés compris. Je trace des plans, des gabarits sur calque. Du matin au soir. Parce que la nécessité d'inventer autre chose me tyrannise depuis le jour de mes vingt ans.

Mes penchants ?

– La symétrie ;
– La police ;
– Les formats, les nombres d'or ;
– La symphonie n° 1 *Titan* en *ré* majeur de Gustav Mahler, surtout la montée ;
– Le Corbusier ;
– Walter Gropius ;
– Une poignée d'architectes modernistes ;
– Louis Isadore Kahn ;
– Et encore Walter Gropius.

Mes dégoûts sont plus nombreux, néanmoins, je peux établir une liste non exhaustive.

– Les copies de chaises tulipe Saarinen pour Knoll ;
– Les architectes à la mode ;
– Les services à thé les couverts les serviettes en papier "tournesols" de Van Gogh ;
– Le mot *culotte** ;
– Les poupées gonflables *"dernier cri*"* de Munch ;
– Les rideaux de douche Op Art ;
– Les cadres au mur en hêtre naturel ;
– Les photos de pêche ;
– Les photos de chantier dédicacées ;
– Les range-dossiers en acrylique satiné bleu marine ;
– Les stores vénitiens en aluminium brossé champagne ;
– Les suspensions lumineuses en verre soufflé blanc ;
– Les horloges murales années cinquante en verre opaque à grosses aiguilles triangulaires ;
– Les lampes de table tube et bulle en porcelaine blanche ;
– Les tapis tufetés 100 % laine à motif Op Art losanges marine orange et bleus ;

* En français dans le texte.

– Les vases cylindriques en céramique de couleur fauve ;

– Les pieds de lampe rectangulaires en pierre de lave sombre et abat-jour cube ivoire ;

– Les tables basses en noyer huilé sur piètement inox réglable trois tubes ;

– Les paires de tréteaux à crémaillère faussement cool surplombées d'une porte isoplane sans poignée en guise de plan de travail ;

– Les fauteuils club en cuir tabac avec coussin d'assise en vachette pleine fleur marronnasse patiné main ;

– Les bureaux en triangle à structure d'acier nickelé.

La tendance, quelle chienlit ! Et de grâce, que l'on ne me parle plus des "popistes" ou des "Ikéens" ! Depuis les années soixante-dix, quatre-vingt, le mobilier est l'otage d'une poignée d'opportunistes ! Fragiles ergonomes, coureurs de vernissages, chasseurs de subventions et de mauvais tarama. Ils se damneraient pour une manchette dans les magazines "arty". Des hippies, oui ! Tout juste bons à taguer des oriflammes sur une T-bird !

IBC, c'est un box à l'année de trois mètres par trois, cloisons moquettées saumon, isophoniques. Parfois jaillissent des cases attenantes des sonneries, des reproches, des cliquetis de clavier. Je suis situé à l'extrémité du damier, personne ne me demande de comptes, à l'exception d'un individu qui se fait appeler le "coordinateur-agenceur". Il fait des rondes du lundi au vendredi, pour s'assurer que tout va bien, mais manque cruellement d'à-propos :

— Alors, monsieur Kloonbert, bien installé ?

— Ça va, ça va.

— Bonne journée, alors, et n'hésitez pas à me faire part de vos observations. Salutations distinguées.

Mes voisins de cellule bénéficient du même traitement. Téléopérateurs pour la plupart, cols blancs en bras de chemise, traders à la petite semaine ou courtiers en assurances. Leurs effets sont identiques : un casque téléphonique HF et un stylo bille à capuchon mâchonné. Moi, je n'ai rien à vendre. Ma fortune est faite. Littéralement, un dernier trait de génie et je pourrai définitivement me retirer dans une villa bunker en Arizona (tenez, les plans sont là !).

Mon équipement est rudimentaire :

– Ecritoire Rotring ;
– Kutch Mecanorma ;
– Tire-ligne à encre ;
– Une table à contrepoids (antique) flanquée d'une lampe à base orange vissée en force dans le sous-main ;
– Un ordinateur IBM avec lecteur de disques souples sur le côté ;
– Une imprimante à aiguilles Hewlett-Packard (elle fait un bruit d'enfer).

Mon plan de travail est incliné à quinze degrés, le moniteur à soixante en arrière sur une petite console. La console du petit chariot informatique est en tube d'acier chromé avec plateau à bords adoucis et chants plaqués blancs en stratifié seringat, avec porte-clavier coulissant et roulettes en caoutchouc. Mon bureau se présente sous la forme d'un rectangle de 110 x 55 en médium laqué intérieur pourvu de tiroirs en panneaux de particules laminées, tiroirs sur coulisses métalliques avec panneau mobile sur roulettes pivotantes.

Chaque jour, je me menotte à la table et j'assombris des pages entières de papier calque ou millimétré, jusqu'à ce que la douleur aiguillonne mes phalanges. A force, mes doigts impriment en creux la marque du capuchon strié du portemine. Du matin au soir. Chaque jour depuis le jour de mon arrivée aux Etats-Unis. A cause d'une invention qui me colle à la peau depuis le 1er mai 1972.

Je m'active, chaque jour, pendant le temps imparti par le réveil cube en plexiglas (affichage par diodes rouges)... Je ne déjeune pas ou peu. Généralement, un quartier d'agrume, un verre d'eau minérale et un sucre me suffisent pour éloigner la déshydratation ou le scorbut. De toute façon, je n'ai jamais faim à midi. Je quitte à 6 p.m. Je range les crayons, nettoie le tire-ligne avec de l'alcool, enroule les calques, raccroche les perroquets*. La petite sacoche marron sous l'aisselle, je marche vers Venice, dans les rues vidées, des rues-routes larges et plates. Ça sent le lys entêtant, le goudron chaud et la ventilation de McDonald's. Là, je m'assois face au Pacifique. Plus loin c'est le *Side Walk Café*, *Crabtree and Evelyn*, en lettres capitales géantes "SANTA MONICA" qui maquille les niveaux du parking central, les rolleuses sculpturales de Muscle Beach qui ne disent jamais bonjour, les parcmètres, les grosses, les flics en uniforme et badge argent, leurs Ford blanc et bleu à macaron "To serve and to protect", gyrophare compris. Je marche jusqu'à l'étape gastronomique du jour : Pollo Loco le lundi, Taco-Bell le mardi, McDo Drive Thru le mercredi, Kentucky Fried Chicken le jeudi, Burger King le vendredi, Nacho Fast le samedi et Chinese Express le dimanche. Normalement on ne va pas à pied dans la section "Drive", mais pour moi

* Gabarit de plastique évidé permettant de tracer des courbes.

ils font une exception. C'est plus rapide que le comptoir. Je n'aime pas faire la queue avec les gens, c'est ordinaire. Je commande un menu à emporter et je rentre avec mon petit sac de papier kraft sérigraphié à la main. Avec le crépuscule, le palmier et les gros chiffres en azulejos, la courette du 1531 Michigan Avenue prend un faux air sévillan. Trois points de serrure, la porte s'ouvre comme tous les soirs sur un bruit de basse-fidélité… Le poste doit rester allumé toute la journée, ainsi qu'une veilleuse, pour simuler une présence. Avec l'insécurité et les cambriolages qui se multiplient, c'est une parade comme une autre, et bien meilleur marché que le kit d'alarme Safe-Scan à trois cents dollars (abonnement en sus). Le palier franchi, le costume file droit à la corbeille. Dans le placard du living, il y a une boîte avec un téléphone monobloc flambant neuf à l'intérieur. Je fais coulisser l'enveloppe à bulles puis j'extrais l'appareil du polystyrène. Je branche le raccord et compose un numéro vers l'étranger. Après une ou deux tonalités longues dans le vide, toujours le même message : *"Risponde la segreteria telefonica di Valentina Giustis, Cubo Design Italy. Non sono disponibile al momento. Lasciatemi un messaggio. Grazie. You've reached Valentina Giustis, at Cubo Design Italy. I'm not available for the moment, you can leave a message and your phone number. I'll call you back. Thank you."* Le passé a une voix troublante. Il me faut moins de deux minutes pour débrancher le cordon et ranger soigneusement la boîte sur l'étagère du haut, au rayon des souvenirs. Je file sous la douche où j'agace un peu ma verge, mais jamais jusqu'au bout parce que ce serait mal. Peu après, j'enfile un survêtement et des baskets pour la figure imposée du tri postal : dépliants publicitaires, courriers administratifs, nombreux relevés, de banque, d'électricité, d'analyses… J'effectue un premier dîner à même le kraft, sur le comptoir de la cuisine (américaine). Les BBQ Ribs du Pollo Loco montent aux narines, parfois c'est un Whooper ou un Big Mac avec du cheddar fondu, ou des Chicken Wings à la sauce tikka dont je me gave comme si ma vie en dépendait. Autant de saveurs que je me repasse à l'envers, bien penché en avant, deux doigts sur les amygdales, chaque soir au-dessus de la cuvette des W.-C. Parce que je prends plaisir à m'alimenter de la sorte, mais je ne peux rien garder. Alors je me fais vomir et je me lave les mains, puis la bouche avec une solution d'alcool de menthe. Après cela, je m'autorise une grande rasade de Lait de Soja ou d'eau minérale. Mon deuxième repas consiste en un carré de tofu à l'aneth et une Pomme verte. Un quart de bromazépam sous la langue, mais ce n'est pas systématique. Et si le sommeil ne vient pas, je vais m'éteindre au comptoir du *Canter's Pool*. Une ou deux Miller suffisent.

CANTER'S POOL,
1498 Colorado Avenue

Canter's, c'est le rendez-vous des ambitieux de la "middle-class". Vous ne pouvez pas rater son enseigne en boule de billard : on voit les néons à des kilomètres. Parfois, j'y croise des têtes connues : comme le *"winner"* d'IBC qui roule des mécaniques au volant de sa 911. Sa permanente "Bobby Ewing" est incroyablement anachronique. Il ne quitte pas ses Ray-Ban la nuit, met beaucoup trop de "bleu" et fait tourner sa queue avec la semelle de ses Stan Smith, pour se donner un genre. Je me tiens à l'écart de ses parties, il fait trop de gestes brusques et aboie plus qu'il ne parle. Je le regarde de loin, le temps de vider une Miller. Quand la mousse fait une dentelle au fond du verre, je descends de mon tabouret et je m'avance vers la sortie. Comme toujours, Winner attend que je passe le long du pool pour reculer son grip. Comme toujours, je fais un petit bond de côté en renversant mon verre. Près de la sortie, Cosmo me barre la route :

— Si quelqu'un te fait des ennuis, *Piccolino*, tu m'en parles, *capice* ?

— Ça va, ça va.

Je rentre.

Le carré de coton m'accueille, bien droit, je m'insinue sous le boutis et les draps.

La journée est finie.

(et je trouve cette chaleur intenable)

— Clic !

IL SIGNOR COSMO

Cosmo prend son café tous les matins chez Luigi et parfois un verre de vin californien, le soir chez Canter. Avec sa dégaine de hors-la-loi vieillissant, il est l'unique mafieux old school recensé dans le secteur d'Olympic. La soixantaine burinée, cheveux mi-longs plaqués en arrière à coups de peigne en fausse corne et de gel mentholé. Costumes de maquereau bordeaux à fines rayures blanches, bottines Fratelli Rossetti en agneau, c'est un vrai personnage de polar. Il martèle qu'il a pris sa retraite. Il est même grand-père. N'empêche, personne ne lui demande à quoi il occupe ses journées, ni pourquoi il roule en Pontiac Catalina blindée. Les imprudents qui ont évoqué sa ressemblance avec Robert de Niro sont chaussés d'un piédestal en mortier maigre, au fond du réservoir des eaux usées de Burbank.

— Hey, Luigi, *ristretto* ! Et pas cette *merda* Starbuck, *per favore* !

Il prend un air affecté en trempant les lèvres dans sa tasse d'expresso. Originaire d'une petite île au large de la Sicile, il a connu une grande carrière dans le Sud de la France du temps de la Mondaine.

— La drogue, c'est pas du bizness, *Piccolino* ! Faut laisser ça aux Latinos et aux nègres ! Nous, à l'époque, on faisait dans le traditionnel : quelques attaques à main armée, des filles, des machines à sous. Ça, c'était ho-no-rable, *capice* ?

Et puis il se tait, sort un Mecarillo de sa poche et l'embrase avec une allumette à cigare. Ça sent très fort la mafia, ça pique les yeux, même ! Mais on ne dit pas à M. Cosmo : Votre fumée m'incommode, auriez-vous l'obligeance d'éteindre votre cigarillo ? On se contente d'écouter. C'est plus prudent.

— Si tu veux, *Piccolino*, je peux te rendre des services, tu sais ?

— Euh… Non, non, *grazie mille*.

— *Prego*.

Je crois qu'il m'aime bien.

UN SOMBRE PRESSENTIMENT

Mardi 5 mai 1992

Je m'appelle Humbert Klumbert, j'ai quarante ans depuis vendredi. Ma mère est catholique pratiquante, mon père est juif libéral. Je suis de petite taille, j'ai le teint pâle, parfois rosé, et les yeux bronze… Ce matin encore, je me suis réveillé au bord du lit, entortillé dans les draps comme une araignée dans ses fils. Mes sommeils sont comme de longs comas, sans rêves… Ils me laissent pâteux, avec un goût dans la bouche, aujourd'hui amer. Je n'aime pas ça ! Mon premier contact avec le sol ne s'effectue jamais du pied gauche. Une journée entamée du mauvais côté. Dieu sait où ça peut mener. A la folie… Qui sait ?

Je lisse machinalement le drap de dessus avant de me diriger vers la salle de bains. Le matin, je fais jouer un vieux poste de radio (récupéré chez un prêteur sur gages de Pasadena). C'est peu et ça meuble. J'aime le son des Etats-Unis. Depuis tout petit, j'ai toujours entretenu une forte mythologie américaine. Une imagerie faite de grosses cylindrées, pick-up largissimes, enseignes à grosses lettres bâton sur fond blanc, somptueuses villas d'architecte et flics irascibles, posant les bras croisés près de leur véhicule de patrouille.

MARIO PRÊTE A PASADENA

Mon prêteur sur gages de Pasadena, c'est Mario. On jurerait qu'il a dormi avec son polo rayé lie de vin et son blue-jeans *heavy used*. Rouquin permanenté et barbichu, il trône derrière un comptoir vitré à proximité du tiroir-caisse. Il est sympa Mario, un peu toxico et parano aussi, mais un bon gars. Il n'accepte que les espèces. Quand la cloche tinte, il faut le voir avec ses yeux bleus injectés-grands-ouverts, une main hors de vue, caressant la crosse d'un riot-gun. C'est qu'il est prêt à l'empoigner et à faire éclater la tête des clients les moins civils (comme une pastèque ! aime-t-il à rappeler). Mario est orphelin et accro au crack. Il a la gâchette sensible, Mario, comme ce jour où il a pulvérisé le rottweiler de Mme Nichols, la gardienne de l'immeuble. Je m'en souviens bien, à ce moment précis, je fixais une Jaeger-Lecoultre sur le présentoir tournant. Bavette, hampe, foie, côtelettes, collier à picots métalliques et médaillon gravé "Rex", il y avait des bouts de chien partout !

— Je prends celle-là ! j'ai dit sans me démonter.

— Je vous l'emballe ?

— Ça ira, merci.

Depuis ce jour-là, on se respecte.

Et Mme Nichols ne sait toujours pas pourquoi Rex demeure introuvable.

— Un si bon chien, vous comprenez !

*

Je n'omets pas le rituel de la toilette. Après, quarante et une pompes sur les poings. Pas une de moins, pour des motifs qui ne concernent que moi. Ensuite j'enfile mon costume sombre et une paire de derbys montants noirs à lacets. Avant de mettre le nez dehors, j'ai coutume de faire ma petite inspection. Je navigue, des robinets à la plaque électrique. Je remets d'aplomb ce qui est nécessaire. Je passe un doigt sur la semelle du fer à repasser. J'ouvre plusieurs fois ma sacoche-clic-clic ! Je cherche du doigt la rugosité de mon porte-cartes dans ma poche. Un dernier tour des interrupteurs et je claque la porte d'entrée. Je m'assure que la serrure trois-points est bien verrouillée – shlanshlank ! Quelques pas encore et ce sera l'heure du petit-déjeuner. Avant le cheesecake-cappuccino du coin de la rue, il y a une manie dont je ne saurais me défaire. Chaque matin, j'observe le passage du car scolaire. Vers 7:45 a.m., il lâche une vingtaine d'enfants, peut-être trente. Tous plus agités les uns que les autres. A part une petite blonde mélancolique qui sort du lot. Elle porte un blouson universitaire trop grand pour elle.

Quand mon père me ramenait à l'internat de Zisterdorf, le dimanche soir, j'avais une boule dans la gorge. Il fallait l'avaler, s'arracher à l'étreinte de papa et fermer la portière de la Volvo, sans un regard en arrière. Et puis il y avait ce grand couloir qu'il fallait traverser jusqu'aux casiers des internes. Je faisais claquer mes souliers sur le carrelage, pour donner de l'écho et me tenir compagnie. Je sais tout ça. Je sais l'amertume qui enfle sur le trajet, avec son goût de cuiller à sirop mal rincée… Un jour j'ai remarqué la petite. Elle m'a semblé tellement triste. Je suis revenu le lendemain, et le surlendemain, et le jour d'après. Je pourrais vous dire avec exactitude quand tout cela a commencé, tout est consigné dans des petits cahiers Moleskine. Je reporte scrupuleusement dates et horaires. Je fais des paris aussi. Quand arrivera-t-elle, ce matin ? J'ai même ressuscité une antique Jaeger-Lecoultre (quelquefois, on fait des trouvailles au mont-de-piété). Aujourd'hui, elle est à l'heure. A la seconde près. Sa ponctualité me ravit.

Je le note.

Petit-déjeuner chez Bruno à l'heure d'avant l'heure des autres. Dans son tablier brodé, Dawn Spaliari prend la commande. Toujours la même. J'entasse les cents sur un “buck” plié en coin de table. Le compte y est. Je déchire un angle du ticket de caisse, pour mémoire. Le petit-déjeuner commence. C'est important que les aliments soient découpés par mes soins et agencés en petits compartiments égaux dans l'assiette. Dawn ne me pose jamais de questions et les tarifs de la cafétéria sont fixes.

C'est une bonne chose.

Je me rends au bureau à pied (Broadway 1501), c'est facile : suivre L.A. avant le grand panneau LOS ANGELES. Ce grand panneau, c'est ma première rencontre. Quelques heures après avoir atterri, c'était en mai quatre-vingt-neuf, je me suis perdu dans Santa Monica. La navette m'avait lâché près d'Olympic. Mes chaussures collaient au goudron, les bretelles de mon sac cisaillaient mes épaules et ma peau virait au rose vif. Je m'appliquais à décrypter le plan faxé par mon avocat. D'Autriche, j'avais donné des instructions concernant l'agencement de mon futur appartement ainsi que les moindres détails du mobilier, jusqu'au dessus-de-lit en coton égyptien et au boutis aussi. Je m'étais déjà fait une idée très précise de l'endroit. Aussi clair dans mon esprit que la mosaïque représentant saint Paul dans la basilique de San Giusto à Trieste. Par contre, impossible de trouver Michigan Avenue. Après douze kilomètres de marche, une sentence venait sanctionner ma désorientation : WELCOME TO LOS ANGELES en superbes lettres bleu pâle ! Depuis le tapis roulant de l'aéroport Tom Bradley, je ne regrette plus l'Europe. Trois ans déjà. Maintenant j'ai une carte verte et j'aime la police.

L'entrée d'IBC est barrée par une grille. J'ai coutume de m'y introduire par le portail électrique du parking. Aujourd'hui, on a frôlé l'accident, la Porsche n'a pas daigné ralentir en me voyant. Son chauffeur a juste baissé la vitre électrique et tendu un doigt dans ma direction. IBC, c'est un box à l'année de trois mètres par trois au troisième étage. Situé en bas à gauche du quadrillage, je suis relativement tranquille malgré la petite visite matinale du coordinateur-agenceur (ce qu'il peut être obséquieux !).

— Alors, monsieur Kleinber, rude journée de travail "en perspective" ?

Il pouffe, je suis sûr qu'il la prépare depuis des semaines.

— Ça va, ça va.

— Travaillez bien, alors, et si je peux vous être agréable de quelque manière, n'hésitez pas à me le faire savoir. Salutations distinguées.

Dans l'*open space*, mes voisins s'activent pour décrocher la timbale. Moi, mon compte est bon. Un dernier trait de génie et je pourrai définitivement me retirer dans mon blockhaus (il faut que je vous montre les premières esquisses). Il sera blanc ou béton brut à lasure incolore, mais j'ai peur que ça fasse un peu austère (le nuancier est dans le tiroir du bas). Je crois que ce sera dans le Maine finalement… Chaque jour, je m'abîme dans le papier calque, les traits de crayon. Parfois je laisse la mine de plomb divaguer sur la feuille comme au patinage artistique. Je froisse un croquis puis deux puis dix. Et les minutes s'écoulent, inéluctablement sanctionnées par l'horloge cube à diodes. Rouges, les diodes, sur un cadran noir rectangulaire. Je ne déjeune pas ou peu. Un quartier d'agrume suffit avec un peu d'eau et du sucre que je récupère dans le distributeur, près de la machine à café. A midi, je n'ai jamais faim. C'est tout.

6 p.m. Je range les crayons dans la petite sacoche marron, nettoie le tire-ligne avec de l'alcool, enroule les calques, raccroche les perroquets. En quittant le bureau, j'ai un mauvais pressentiment. Ce matin, il y avait une femme d'une quarantaine d'années, à l'accueil. Elle portait un somptueux tailleur noir, de ces tailleurs que l'on met pour les grandes occasions (communions, mariages…). Malgré la qualité de la veste à col requin, vraisemblablement une grande marque italienne, le bas des manches accusait l'usure au niveau des biais. Sur le devant, la découpe princesse perdait dans ses plis des boutons en nacre sombre et des poches prises dans la doublure. Ses jambes tramées d'une soie mate semblaient jaillir d'un corsaire à revers blanc, j'ai noté les poches italiennes avec bouton et glissière sur le flanc et la ceinture élastiquée côté dos (il y a toujours un kleenex ou un cent à l'intérieur des poches italiennes). A l'œil, on devinait l'agrafe des bas. Regard charbonneux, pénétrant. L'arrondi des sourcils mourant presque en ligne droite. Des lèvres fines, serrées par une moue. Cheveux noirs tirés en arrière et réunis par une broche carrée en loupe. Chevilles ligotées par des lanières de cuir noir, fixées aux escarpins. A talons. La seule incursion du vulgaire. Par épisodes, des indiscrétions verticales de la veste : top noir

Donna Karan à fines bretelles. Hâle "upper-class", nez fin, menton anguleux. Les battements de paupières marquaient une cadence régulière, et ça lui donnait un charme fou. Comme je la détaillais, elle me regardait bizarrement. Dans mon dos, je sentais qu'elle me dévisageait encore, et même au travers des portes de l'ascenseur et même au travers des dalles cantilever de la tour IBC.

6:01 p.m. Au bas des marches. Elle est encore là, on dirait qu'elle n'a pas bougé d'un pouce (peut-être est-ce le cas ?). Buste en avant, près de l'accueil, droite comme un I. Elle ne m'a pas vu, c'est sûr. Je porte mon poing à la bouche pour étouffer un raclement de gorge : "Ahum !" et je commence à souffler fort, submergé par une vague de concupiscence. La sacoche sous le bras, je traverse le hall à grandes enjambées. C'est un peu comme si je venais de refermer l'encart central d'un magazine érotique. Je me garderai d'en parler à Lloyd (mon psy américain, il s'appelle Franck Lloyd comme l'architecte, le "Wright" en moins). Lloyd, il est payé pour entendre ce que je ne dis pas. Et cher en plus…

J'ai voulu me réfugier dans les toilettes du *Side Walk Café*, pour m'adonner à un petit plaisir solitaire, mais je n'ai même pas pris la peine de me débraguetter. Elles étaient si puantes et les joints des carreaux de faïence si noirs que je suis ressorti. J'ai regardé défiler les derniers rolleurs, jusqu'à l'heure où les touristes s'éparpillent dans les bars et les restaurants. La terrasse du *Side Walk Café* devient bruyante et s'allume. Moi, je suis resté longtemps assis, de l'autre côté de la piste cyclable, maintenant déserte. Il m'a fallu deux heures vingt-neuf et toute la fraîcheur du soir pour calmer le brasier qui montait dans mon slip. Après quelques étirements, je suis rentré. A la main, un sac de papier kraft fumant : le mardi, c'est Taco Bell. Trois points de serrure, la porte du 1531 Michigan Avenue s'ouvre comme tous les soirs sur une fidélité sonore décidément basse… Le poste de radio est resté allumé toute la journée, ainsi qu'une veilleuse, pour simuler une présence. Le palier franchi, le costume file à la corbeille. Depuis mon arrivée, j'ai mis en place un petit rituel téléphonique pour tromper ma solitude : "répondra-répondra pas". Ce jeu consiste à composer le numéro de la directrice commerciale de Cubo Design Italy, à heure fixe. Cette brune incendiaire m'obsède depuis qu'elle a renversé son cappuccino sur ma veste Zegna début 1989, au Salon du mobilier contemporain de Paris.

Paris, janvier 1989
SALON DU MOBILIER CONTEMPORAIN
DE LA PORTE DE VERSAILLES
Sur le stand Cubo Design Italy

— Voilà ma carte, vous me ferez passer la note de teinturier, monsieur ?

— Klumbert, Humbert Klumbert.

— Comme la chaise ?

— La chaise, c'est moi.

— Vraiment ? Elle s'est tournée vers son collègue : *Enzo, guardi qui ! E l'uomo-sedia* !*

Elle devenait provocante.

— Ça va, ça va.

— Je suis enchantée et… confuse pour le café, évidemment. Je suis Valentina Giustis, directrice commerciale de Cubo Design Italy. Ne me dites pas que vous venez présenter un nouveau modèle !

Elle s'est posée dans un fauteuil d'angle Togo en cuir fauve, l'embrasure de sa jupe portefeuille remontait

* "Regarde par ici ! C'est l'homme-chaise."

de plus en plus haut sur le côté, jusqu'à la bande brodée sombre sur son bas gauche. Elle faisait exprès et je perdais mon sang-froid.

— Non, non, rien à vendre : la chaise est fabriquée sous licence chez Vectra depuis juin 1973. Mon homme d'affaires a insisté pour que je rencontre son nouveau PDG, c'est tout. Il faut que je vous laisse, maintenant, je vais nettoyer ça.

Je me suis précipité dans les toilettes des femmes, où je me suis copieusement masturbé. Mais pas jusqu'au bout : ce n'est pas convenable. En me lavant les mains, il m'est venu l'idée de la rappeler, juste comme ça.

*

Depuis 1989, je n'ai pas raté une manche de "répondra-répondra pas". Cette année-là, Valentina a décroché quarante-six fois et prononcé vingt-huit fois le mot "allô". Ses "allô" mi-autoritaires, mi-terrifiés me ravissaient à l'époque. C'était avant qu'elle active l'option de filtrage d'appel qui renvoie automatiquement sur sa messagerie vocale. Depuis, je me contente de *"Risponde la segreteria telefonica di Valentina Giustis, Cubo Design Italy. Non sono disponibile al momento. Lasciatemi un messaggio. Grazie. You've reached Valentina Giustis, at Cubo Design Italy. I'm not available for the moment, you can leave a message and your phone number. I'll call you back. Thank you."* Son accent inimitable me fait toujours de l'effet. Je m'excite, mais je refuse de jouir par principe. C'est savoureux ! Rejouer chaque syllabe dans ma tête au moment de la douche : *"You've reached Valentina Giustis… Valentina Giustis… You've reached Valentina Giustis, I'll call you back… I'll call you back… I'll call you...*" Je passe un survêtement et des Converse. Quelques plis vont directement à la corbeille. Dîner à même le kraft, sur le comptoir de la cuisine (américaine). Comme à mon habitude, je me suis solidement arrimé à la lunette des W.-C. avec mon bras gauche et j'ai plongé deux doigts au fond de ma gorge. Vomissements. Javel, gants de ménage. Dîner bio. Tofu. Lait de soja. Pomme. Bromazépam, pampampadam ! Et comme le sommeil ne vient pas, j'ai décidé de m'envoyer une ou deux Miller au comptoir de *Canter's Pool*. Winner m'a déplacé l'épaule avec le plat de la main pour saluer mon départ. Il avait l'air content de lui. Cosmo fulminait, il m'a proposé de lui casser les tibias, mais j'ai poliment décliné son offre.

— *Va bene, va bene. Grazie, Signor Cosmo, buona notte.*

Je rentre.

Le carré de lin m'accueille, bien droit, je m'insinue sous les draps comme une marmotte peureuse. La journée est finie, mais le goût amer dans la bouche et le regard de la femme d'IBC ne m'ont pas quitté.

(en plus, il faisait très lourd aujourd'hui)

— Clic !

OLETA

Mercredi 1er juin 1973

… Elle était touchante, avec ses petites manies quotidiennes. Oleta repassait toujours derrière Marcus pour ranger un ustensile de cuisine, lisser un drap, remettre un cadre d'aplomb, réaligner les couverts en parallèle, disposer le verre à l'axe de l'assiette à droite du verre à vin. Ce jour-là, elle portait une robe noire corsetée qui découvrait le haut de ses épaules et la rendait particulièrement séduisante malgré son air absent. Marcus l'a attrapée par la taille avant de lui mordiller la nuque.

— Will you marry me, Baby ?

Il essayait de la dérider un peu, mais la question n'en demeurait pas moins sincère. Elle a dégagé ses mains pour ajuster son nœud de cravate, ses lèvres étaient toujours scellées quand il a cherché sa bouche.

— You mean okaay, Baby ?

Oleta demeurait mutique, Marcus n'en avait cure. Tout petit déjà, il composait avec l'absence, dans la grande maison de Burbank (son architecte de père toujours d'inauguration et sa mère accaparée par les réunions des AA). Il passait le plus clair de ses journées dans sa chambre à gribouiller les dossiers "contentieux" de Cummins Inc., et les nuits sur la terrasse, en anorak, l'œil rivé sur le viseur de son télescope LX-90 Meade, un jouet hors de prix. Il avait aussi un ami imaginaire baptisé Aaron, qu'il tançait à tout bout de champ, devant le personnel de maison médusé. La traversée de la puberté avait été sanctionnée par le permis de conduire et une petite Triumph décapotable. En 1973, la Triumph était devenue Maserati (doctorat de droit oblige), avec en bonus un appartement de belle taille et la promesse d'un contrat avec le département contentieux du cabinet Archer-Flemming's. Son père avait même fait livrer un canapé français dernier cri, qui ressemblait à une grosse larve molle. A ce niveau d'accomplissement personnel et social, demander en mariage une étudiante en littérature anglaise et nord-américaine relevait de la simple formalité. D'ailleurs, il n'a jamais bien su si elle étudiait les lettres modernes.

Ses mains s'étaient refermées brusquement sur les poignets d'Oleta. Dans la chambre, il avait baissé le store un peu vite, si bien qu'il mourait en diagonale, à mi-course.

— Attends…

Avec une main libre elle avait tiré sur le cordon et libéré les lames pour qu'elles retombent dans un alignement parfait.

— C'est mieux.

Il avait commencé à la bécoter avec frénésie, à genoux, puis il s'était étendu sur elle, à même la moquette. Elle avait tourné la tête en attendant que ça passe, sa respiration s'était emballée et, au bout d'une minute, elle avait décrété :

— On arrête.

Marcus s'était assis sur le bord du lit et s'était allumé une Peter. Parfois il avait l'impression d'entreprendre une morte. Oleta était sortie de la chambre en pensant très fort à l'alignement des stores.

TOUT VA DE TRAVERS

Mercredi 6 mai 1992

Je m'appelle Humbert Klumbert… J'ai quarante ans depuis vendredi, je mesure un mètre soixante-six, je suis un peu dégarni, pas maigre et je n'aime pas me réveiller en sursaut. Or, ce matin, c'est le cas.

Mon premier contact avec le sol ne s'effectue jamais du pied gauche. Or ce matin, celui-ci a frôlé une lame du parquet (un ongle aurait suffi).

Il s'en est fallu de peu.

La lumière fut (comme tous les matins, grâce à Dieu).

La toilette matinale, je n'en ai pas raté une depuis la pension. C'est pas aujourd'hui que je vais m'arrêter d'être propre !

Beaucoup de temps perdu dans la salle de bains, ça ne me ressemble pas. Je me suis même coupé en me rasant. Le miroir mural extensible à face grossissante m'a révélé une grosse entaille au menton. La plaie saignait de façon abondante et j'ai dû la colmater avec un peu d'argile, le temps qu'elle coagule. Sous la douche, le mitigeur thermostatique s'est bloqué sur quatre-vingt-dix degrés, je me suis enroulé dans le rideau en plastique et la barre chromée m'est tombée sur la tête. Le papier hygiénique s'est enfui du porte-rouleau pour une raison que j'ignore et s'est déroulé jusque dans le bac de douche. J'ai enfilé mon slip et mes chaussures à l'envers. J'ai couru au-dehors complètement débraillé, ramassant mes affaires dans la précipitation. Peine perdue, j'ai vite compris que le bus scolaire était déjà passé. Sur le moment j'ai un peu accusé le coup. Mon premier rendez-vous manqué.

— *Scheiße** !

Je déteste les rendez-vous manqués, les slips réversibles et les barres de douche mal fixées !

Pour ne rien arranger, *Bruno's* est méconnaissable à cette heure-là. De gros camions sont garés en épi devant l'entrée et leurs chauffeurs se pressent au comptoir. Dawn s'est retranchée en cuisine. C'est la petite Pam qui officie en salle. Pam, je ne l'ai jamais vue et je ne veux pas la connaître (son minishort en jean lui rentre dans les fesses). Une petite allumeuse qui minaude avec un fort accent du Texas. Ses œillades et son phrasé rustique, ils adorent. Surtout quand elle tortille du cul avec son plateau à la main. Comme je ne quitte pas l'encadrement de la porte, Mrs Spaliari me fait signe de me déplacer sur la gauche.

— Hé, l'intello, t'as vu la Vierge ? a vociféré la brute épaisse, bien plantée dans sa salopette en coton bleu à bretelles réglables et ses brodequins crottés.

— Oh, désolé !

---

* "Merde" en allemand.

Son coup d'épaule me fait pivoter vers la sortie. Sans réfléchir, j'emboîte le pas au fâcheux, ramasse une poignée de gravier que je lui jette à la figure avant de piquer un sprint.

— Malade, ce type ! Hé, taré, j'te r'vois, t'es mort, t'as compris, t'es mort !

Au croisement d'Olympic Boulevard, près de cent mètres plus haut, je l'entendais encore beugler, blessé dans son ego de semi-remorque. Je n'ai ralenti ma course qu'au bout de dix minutes, à deux blocs d'IBC. J'ahanais à présent. De petites taches mauves commençaient à se former devant mes yeux, mais j'avançais toujours, en marchant cette fois. Je me suis laissé guider par une main courante jusqu'aux grilles d'IBC. Des pensées contradictoires me traversaient l'esprit quant aux vertus du jeûne et aux méfaits de l'hypoglycémie et j'étais aussi déboussolé dans ma chronologie intime. Ce matin, le retard s'est accumulé de façon considérable. En même temps, je devrais l'ignorer. Je n'ai de comptes à rendre à personne :

"Je ne travaille pas pour vivre.
Je travaille pour ne pas mourir idiot !"

Aujourd'hui, le rétroviseur gauche de la 911 m'a défoncé une côte flottante. Petite satisfaction, cependant, il s'est déboîté et je l'ai ramassé avant que Winner n'ait le temps d'enclencher la marche arrière. A trois cents dollars la pièce, c'est un trésor de guerre inestimable. Peu après, je fixais le trophée sur ma lampe avec du kraft adhésif, quand le coordinateur-agenceur s'est montré particulièrement pressant :

— Monsieur Kleinbelt, j'ai encore lu un article sur vous dans *Dazed and Confused* : "L'homme-chaise", c'est le titre. Vous êtes une vraie célébrité. Tenez, je l'ai découpé pour vous. Mais qu'est-ce que je vois, c'est nouveau ce petit miroir de bureau !

— … le rétroviseur de Gonzales.

— Ah bon ?

Et comme il ne trouvait rien à redire, il a embrayé :

— Votre nouveau projet, ça avance comme vous voulez ?

— Ça va, ça va.

— Suis-je bête, secret industriel, évidemment ! Vous pouvez compter sur ma discrétion. Et ne me remerciez pas pour l'article, c'est tout naturel. Salutations distinguées.

Il a tourné les talons et s'est éloigné avec une démarche exagérément chaloupée. Je ne m'étais jamais rendu compte à quel point ce jeune Asiatique avait l'air efféminé.

*

Le soir, après mon passage au McDonald's, j'ai préféré éviter Canter's. Mes ecchymoses m'élançaient tellement que j'ai dû acheter de l'arnica en tube à la station-service. Il y avait un homme étrange, posé sur le chemin du retour, à deux pas du K-Mart. Un élégant fumeur de pipe, absorbé par la lecture d'un journal, peut-être le *Washington Post*, je n'ai pas bien vu, un exemplaire chiffonné qu'il tenait à l'envers. A 11:30 p.m. Je n'ai pas cherché à comprendre, forçant le pas vers Michigan Avenue. Je suis rentré me coucher avec un goût métallique dans la bouche, une douleur lancinante au côté et un tube d'arnica à trois dollars.

Je m'insinue dans les draps. La journée est finie.

A-t-on idée de lire le *Post* à l'envers ?

(et cet orage qui n'en finit pas de se faire désirer)

— Clic !

OLETA/MARCUS : PREMIER DÎNER CHEZ BERTIE

Samedi 4 juin 1973

— On va prendre le gaspacho au sorbet de concombre et coriandre, deux filets de flétan marinés à l'anis et pour le dessert les darioles aux deux chocolats.

— Et en ce qui concerne les boissons, monsieur ?

— Un sancerre. Frais, le sancerre, et une eau gazeuse.

— Ferrarelle, Badoit, San Pellegrino ?

— Ferrarelle, merci.

— Bien, monsieur.

Le serveur en queue-de-pie avait élégamment glissé sur la moquette épaisse, vers les cuisines. Marcus passait sa main dans sa veste pour s'assurer que son American Express s'y trouvait toujours. Il était incroyablement satisfait de la sentir au bout des doigts. Pendant qu'elle le détaillait, Oleta remettait machinalement les couverts à leur place.

— Tu vas voir le flétan, ici, c'est le top… Et la dariole, c'est la spécialité de *Bertie's*, c'est comme un moelleux avec du chocolat fondu à l'intérieur, mmmhh, un vrai régal !… Au fait, mon père veut te rencontrer, il nous invite le week-end prochain à Fisher Island.

— J'aime autant pas. Pas tout de suite.

Elle avait lissé la nappe de la main gauche et aligné les couverts à poisson. Heureusement, le vin était arrivé à ce moment-là.

— Mmmm, il est bon, on va l'garder, pas vrai, Olie ?

*

A la fin du repas, Oleta avait la tête qui tournait un peu, Marcus était fin bourré. Il avait bu la bouteille de sancerre aux trois quarts et la brandissait comme un trophée devant le maître d'hôtel.

— Il est bouchonné, faut nous la changer, pfff !

Il pouffait tout seul et s'essuyait dans sa serviette mouchetée de chocolat et de sauce verte. Puis il avait sorti un écrin de sa poche et poussé la petite boîte avec sa fourchette à poisson.

— C'est pour toiiiii, osa-t-il en faisant traîner la dernière syllabe.

Comme Oleta restait interdite, il a attrapé sa main gauche et puis la droite. Tant bien que mal, il avait réussi à coincer le solitaire au sommet de son pouce, trouvant cela prodigieusement drôle. Son fou rire était reparti de plus belle. Il a fait glisser l'Amex hors de la poche revolver, et brandi cette dernière d'un air entendu, en direction du serveur.

— Siouplaît ! L'addition, merciii !

Dans le taxi du retour, il a longuement pétri le décolleté d'Oleta et éconduit son sexe avec son majeur. L'alcool la rendait plus docile. Lorsqu'ils ont poussé la porte de l'appartement, il s'est enhardi, a soulevé sa robe noire à dos nu et l'a prise sans ménagement dans le couloir. Ensuite, il l'a entraînée dans le living, en bousculant l'halogène. Elle protestait à présent. Il l'a penchée en avant, découvrant ses fesses et ses bas grillés, et l'a enculée sur le sofa Togo en cuir fauve. Peu après avoir joui, il s'est affalé sur une chaise en plastique blanc et s'est allumé une Peter. Son sexe détumescent marquait un mouvement pendulaire entre les pans de sa chemise Armani. Déjà Oleta remettait l'halogène d'équerre. Elle s'est dirigée vers la salle de bains sans un mot.

MORITZ FLEISHTRÜDEL

Le vendredi 11 novembre 1966, le doyen Fleishtrüdel avait eu la riche idée de recevoir mes parents sur convocation. Ada et Herzog Klumbert avaient prêté une oreille attentive aux doléances du *"Hofrat**"* (c'est ainsi que les élèves l'appelaient).

— Ce n'est pas un enfant à problèmes, enfin… Pas au sens strict, vous comprenez ?

Mots choisis : la baderne pléistocène connaissait la musique. Surtout ne pas heurter.

— Il n'est pas complètement intégré à la classe… (Comment dire "anomalie" ?)

Je sentais les phalanges de Herzog se crisper régulièrement sur mes omoplates ; Ada, elle, triturait les boutons de sa veste. Elle allait finir par les arracher.

— On dirait qu'il est ailleurs… C'est ça, ce garçon est ailleurs !

Solennel et déterminé, Moritz Fleishtrüdel enfonçait le clou, en orfèvre de la diplomatie scolaire.

— Je ne veux pas noircir le tableau, *notre* jeune Klumbert est très rigoureux. Il apporte un soin tout particulier au rangement de son casier, s'applique en calligraphie et en dessin. Ses résultats impressionnent, à l'exception du cours d'éducation physique, évidemment. A ce sujet nous pourrions peut-être

* Titre honorifique décerné en Autriche après huit ans d'exercice en qualité de directeur.

envisager une dispense. Je peux faire preuve de souplesse et un élève de cette qualité mérite un traitement de choix, n'est-ce pas ?

— …

— Mmhh… Laissons-lui le temps. Vous verrez, tout cela n'est pas bien grave.

Mutisme parental. Embarras mutuel. Dernier acte.

— Un psychologue pourrait rapidement dénouer les pensées de *notre* jeune Klumbert ! avait-il ajouté, bonhomme.

(Gardant ma révolte pour moi, je souffrais la condescendance du vieux Fleishtrüdel.)

— Tenez, voici les coordonnées du professeur Tors. Une sommité, vous pouvez me croire !

Eternelle reconnaissance des géniteurs. Salutations d'usage. Meilleur souvenir.

Un mois après, le doyen était emporté par une embolie pulmonaire et recevait le Goldenes Ehrenzeichen, *verdienst um die Republik Österreich** à titre posthume.

* Equivalent des palmes académiques en Autriche.

POSOLOGIE SELON HUMBERT

Je me fais prescrire tous les mois un nouveau traitement à base d'antibiotiques. Cela m'oblige à consulter régulièrement le docteur Away, mais il pose trop de questions ! Je tiens à éradiquer mensuellement les germes et infections malignes de la vie contemporaine.

— Cette fois-ci, 1 500 milligrammes par jour de placebamine en comprimés pelliculés, un antibiotique de la catégorie des rhizolones, c'est tout nouveau, vous m'en direz des nouvelles ! m'a-t-il assuré en me tendant un flacon blanc.

Ce que j'apprécie chez Away, c'est sa faculté de proposer des traitements alternatifs. Je pourrais citer de mémoire toutes les familles d'antibiotiques recommandés par la FDA*. Les rhizolones m'étaient inconnus jusqu'alors, je crois que le docteur est en cheville avec un laborantin de Glaxo Smith Kline. En tout cas, il a ses propres filières… D'aucuns disent que si on en abuse, les antibiotiques ne font plus effet, qu'ils sont nuisibles pour la flore intestinale et peuvent même provoquer des troubles neurologiques.

Je me reporte naturellement à la notice, rubrique effets secondaires. Troubles intestinaux, rougeurs, douleurs articulaires, convulsions, confusion, hallucinations, troubles de la vue, insomnies, pression

* Food and Drugs Association.

excessive à l'intérieur du crâne, saignement de nez, bouffées de chaleur, perturbation du bilan hépatique. Encore des sujets d'inquiétude. D'ailleurs, j'ai souvent la nausée.

Penser à acheter de l'Ultra-Levure ou un flacon de ferments lactiques.

OVERDOSE D'EFFETS PERSONNELS POUR OLETA HERR-EMM

Vendredi 18 juin 1976

Vendredi 18 juin 1976, le jour de ses fiançailles, Oleta "Olie" Herr-Emm prétexte un oubli dans la boîte à gants du Dodge bleu de son futur. L'avocat Marcus J. Cummins. Elle a tourné la clé de contact. Personne ne l'a jamais revue. Ce jour-là, une cravate Lanvin à damier noir et blanc traînait dans le living. Une de trop.

La goutte.

C'est pourtant pas compliqué, la place des cravates, c'est sur le porte-cravates, derrière la porte miroitée du dressing !

— Qu'est-ce que tu fais, Olie ? Dépêche ! Tu vas pas nous mettre en retard !… Pas aujourd'hui !

C'est par cette injonction que Marcus J. Cummins avait donné le départ de son vendredi noir, certainement le plus pénible de son existence. Vingt-quatre heures exclusivement dédiées à évoquer l'absente et sa fugue inopportune, sur un ton exagérément détaché. Prendre congé des invités (cinq cent soixante-dix). Libérer l'orchestre mexicain (en costume folklorique, s'il vous plaît). Regarder le buffet se décomposer à vue d'œil par une chaleur écrasante. Voir les cuistots en tablier couper le sifflet des barbecues à gaz. Shooter dans la base d'un édifice meringué à coup de Weston. Finir dans un camion frigorifique Wagner and Sons (le traiteur) et fumer une Peter, comme si de rien n'était.

C'est son père qui avait eu l'idée de la garden-party. Les parents d'Oleta n'avaient même pas daigné faire le déplacement à Burbank.

Marcus s'en remettra.

Les fils à papa, ça s'en tire toujours.

L'HOMME AU JOURNAL

Jeudi 7 mai 1992

J'ai revu le type au journal plié, en plein jour cette fois. C'était l'occasion ou jamais de le détailler (j'ai une mémoire photographique). Avec ce genre de spécimen, je ne peux pas m'en empêcher : je les fixe et je les range dans un tiroir de ma tête… L'homme était chauve, serré dans un gilet beige à losanges, lui-même captif d'une veste en tweed avec des empiècements aux coudes. Il était absorbé par la lecture d'un journal retourné (le *Fairfax Sentinel* et pas le *Post*, maintenant j'en suis sûr). Son pantalon à pinces tombait en ourlets droits sur des chaussures de marche en nubuck marron. Un pli barrait son front et lui donnait un air à la fois convenable et énigmatique. Régulièrement, ses mains noueuses pliaient et dépliaient le quotidien et il consultait sa montre. A son poignet, une antique Movado chronographe au verre rayé. Son regard bleu laiteux émergeait d'un ovale rose avec une solennité toute cléricale.

Il me rappelait vaguement Ansel Tors, le psychiatre salzbourgeois que je consultais dans les années soixante.

TORS

Quatre-vingt-quatre ans, à l'époque, et un pli sévère entre les deux yeux. Je me souviens de sa veste grise à petits carreaux marron coupée dans un tissu de laine, de son pantalon à pinces marron. Et de ses derbys en cuir marron foncé. Contemporain de l'empereur Franz-Joseph. Avait connu Vienne, du temps de l'élection de Karl Lueger, croisé Zweig à Berlin en 1901 dans un café de la Nollendorf Platz. J'ai également appris qu'il était coutumier des réceptions que le *fliegender Salzburger** donnait en sa demeure du Kapuzinerberg. Comme lui, Ansel Tors avait la collectionnite et s'avérait un accumulateur boulimique de connaissances, de prestigieux autographes et manuscrits. Ce n'est d'ailleurs pas un hasard si, des années plus tard, le professeur s'accorde lui aussi le privilège des hauteurs de Salzbourg. Le professeur, moi je l'appelais docteur ou monsieur Tors. La secrétaire m'introduisait dans le vestibule et je trottais tout seul jusqu'au cabinet. Debout derrière la tranche lumineuse de la porte, j'attendais sagement que l'on m'invite à entrer.

— Monsieur Klumbert, c'est à nous.

Tors était incroyablement économe de ses gestes. Caressant l'ovale de son menton. Posant les mains bien à plat sur le sous-main de cuir rehaussé d'une frise. Dorée à l'or fin, sans doute. Balançant imperceptiblement d'avant en arrière. Avant de décocher une question magistrale.

— Eprouvez-vous parfois du désir pour votre mère… ?

---

* Salzbourgeois volant.

— Hein ?
— Vous l'avez déjà vue nue, n'est-ce pas ?
— …
(…)
— Werner, le fils de la voisine, c'était mon meilleur ami à Zisterdorf. Il était plus grand que moi.
— Vous l'aimiez comment ?
— C'était mon meilleur copain, il me défendait dans la cour, quand les grands voulaient me taper. Je me roulais en boule, et je sortais mon sifflet pour qu'il rapplique. Il leur mettait de ces raclées !
— Vous le voyez encore ?
— Pas trop, non. Ma mère m'a dit qu'il avait des problèmes. Il me manque.

Le professeur Ansel Tors était un sage. Il ne m'avait pas imposé d'entretien préliminaire. On ne fait pas asseoir l'enfant, comme un premier communiant, “flanqué” de ses parents. On parle en tête-à-tête, exclusivement. Ni Ada, ni Herzog ne furent autorisés à participer aux entretiens. C'était une question de principe.

Une règle de Tors.

Dans le cabinet de consultation, il y avait cette sculpture antique (école de Praxitèle, je crois). Ça me faisait un drôle d'effet. Je revois aussi la méridienne Empire sur laquelle je ne m'allongeais pas, mais où je restais assis, les jambes dans le vide (parce que trop courtes), une malle à sangles en rotin naturel tressé – le reste, étrangement, je ne m'en souviens plus. Je lançais mes chevilles en avant au moment des sujets sensibles. Des sujets sensibles, comme le marteau du généraliste sur une rotule !
— Les réflexes sont bons, semble-t-il…
Il ironisait, mais ce n'était jamais méchant.

A droite du porche, une plaque de laiton annonçait la couleur :

Dr. Ansel Tors
Facharzt für Psychiatrie und Neurologie
Montag bis Donnerstag 9:00-12:00, 13:00-17:00,
*Freitag 9:00-12:00**

Je me souviens d'un escalier qui s'enroulait sur un vieil ascenseur à grille, et d'un plafond à résille diffusant une lumière un peu faiblarde. Elle semblait prête à s'éteindre à tout moment. La première fois que j'ai poussé cette grille d'ascenseur, c'était un mardi.

Le 15 novembre 1966.

— Le soir, je demande à mon père et ma mère de laisser la lumière du couloir et de la salle de bains allumée.

(...)

— Pourquoi vous regardez mes dessins, docteur ?

(...)

— Je suis tombé de ma chaise quand j'avais trois ans, c'est mon premier souvenir. Tante Delilah m'a fusillé du regard. J'ai pleuré. Je n'avais pas mal. J'avais honte.

(...)

— A cinq ans, ma mère s'est penchée pour ajuster mon pull et j'ai vu ses seins par le décolleté.

(...)

— Mon père aime l'ordre, il est ingénieur à la raffinerie de Zisterdorf.

(...)

— Pourquoi je dois parler avec vous, docteur ?

---

* Médecin spécialiste en psychiatrie et neurologie. Lundi à jeudi. Vendredi.

THE LAST SALZBURGER
Lundi 18 juillet 1983

Les hauteurs de Salzbourg, par un bel après-midi d'été, lourd et venteux à la fois. Vers quatre heures de l'après-midi, le professeur Tors s'est extrait d'une passionnante lecture. Il a libéré les embrasses, plongeant le cabinet dans la pénombre.

Sur son bureau, un volume entrouvert des *Gesammelte Werke** de Zweig (une édition récente, presque exhaustive). Il a ressenti une vive douleur dans la poitrine qui irradiait dans le bras gauche. Il a atteint la méridienne. Et comme un dernier trait d'ironie, l'auteur des "cycles" s'est éteint en face de son bureau. Sa dernière minute consacrée tout entière à la découverte du point de vue des patients.

Passionnant point de vue. Très intimidant.

Pionnier de la psychiatrie, farouche opposant aux théories freudiennes. Thérapeute charismatique et comportementaliste. Auteur révéré. Docteur *honoris causa* d'une dizaine de facultés de médecine. Attendu en conférences, espéré vainement aux inaugurations (il fera exception pour la section psychiatrique de l'Abraham Memorial Hospital de Brentwood en 1982).

Le professeur Ansel Tors est mort le 18 juillet 1983, d'un arrêt cardiaque.

Je n'ai appris la disparition de Tors que début quatre-vingt-neuf. J'ai passé un coup de fil de ma chambre, à l'hôtel Stein de Salzbourg. Je voulais prendre de ses nouvelles avant de remonter dans le train pour Graz, où l'on m'attendait le lendemain.

* *Œuvres complètes.*

Au téléphone, une femme, probablement sa fille, m'a affranchi de façon assez sèche :

— Le professeur Tors est décédé depuis six ans.

C'est la première fois que j'ai passé la nuit dans un bar d'hôtel. Effondré dans un fauteuil crapaud, je pleurais de grosses larmes de benêt, en fixant dans le miroir mon double minable et grelottant, en train de bercer une bouteille d'Eristoff.

J. E.
DÉSABUSÉ, VÉREUX ET ARCHITECTE

On doit le centre hospitalier d'Abraham (et son unité spécialisée dans les troubles de la personnalité et le *brain damage*) à Joseph Edgar Rolland du bureau d'études Rolland & Partners. Joseph Edgar Rolland, en fait, il s'appelle Joseph Edgar Cummins. Mais il a changé de nom après l'effondrement du toit d'un entrepôt de la GSA le jeudi 27 juillet 1978. Les conclusions de l'enquête sont restées évasives quant à une malfaçon dont aurait été responsable le maître d'œuvre. Personne n'a été blessé. Pas grièvement, du moins. On déplore un disparu. Commissaire aux comptes. On ne sait pas bien s'il en a profité pour se faire la malle ou s'il a été littéralement pulvérisé. Quoi qu'il en soit, grâce à l'indulgence du juge Marroon et à la vénalité d'un cadre de l'état civil, *exit* Cummins, bonjour Rolland !

Tout le monde le surnomme J. E. Il s'est construit une solide réputation de misanthrope au fil des ans et s'est spécialisé dans les imitations bon marché de style international. Ce sexagénaire “vieux beau” (lui-même père d'un fils unique, “tire-au-flanc d'avocat” comme il gronde souvent) pille l'héritage des Richard Neutra, Ludwig Mies van der Rohe et consorts. Parfois, J. E. honore de sa présence le siège social de Rolland & Partners. Il sort de sa Buick Park Avenue, en panoplie de yachtman fin de race. Cheveux blancs mi-longs crantés, plaqués en arrière avec un demi-tube de Pento. Invariablement de retour, ou sur le départ, pour un week-end à Fisher Island. Il pue le pont en teck et le moulinet de pêche à deux mille cinq cents dollars. Sa Royal Oyster Perpetual trop clinquante, son teint trop mat et jaune à la fois, ses pantalons trop blancs, ses blazers à galons trop bleus et trop marine, ses polos Daks beigeasses, ses Ray-Ban trop larges, ses Tod's trop sport pour être honnêtes…

Il accoste à l'étage, après avoir claqué la fesse de sa secrétaire. Ça fait bien longtemps qu'il n'a pas déroulé un calque (les gommeux du rez-de-chaussée sont là pour ça !). Vautré plus qu'assis dans un lounge-chair en cuir fauve, il chasse l'ottoman du pied et pivote sur lui-même en contemplant la baie, les cadres au mur, photos de pêche, de chantiers, les range-dossiers, le store vénitien, les suspensions lumineuses en verre soufflé, la grande horloge années cinquante, la lampe de table. L'immense tapis à losanges marine, orange et bleus perd ses couleurs. Les vases cylindriques ne reçoivent plus de fleurs depuis longtemps. Le pied de lampe sous l'abat-jour cube est ébréché, la table ronde basse en noyer est constellée de brûlures de cigarettes, la paire de tréteaux à crémaillère, coiffée d'une porte sans poignée, s'effondre au moindre courant d'air. Quant au bureau en triangle, il est tellement démodé qu'il ne devrait pas tarder à redevenir furieusement tendance. Ça fait bien longtemps que J. E. ne s'est pas envoyé en l'air sur l'un des deux fauteuils club en cuir marronnasse. Il observe son ventre au-dessus de la ceinture. Il préférerait être sur le Chris-Craft, au large de Miami. Un jour, c'est sûr, il vendra.

*

Février 1978

— J'avais dit qu'on ne me dérange pas (sa phrase préférée) ! Des vis Parker pour fixer une armature de 700 tonnes ! Mais vous voulez ma mort, Finnegall ?

J. E. Rolland (encore Cummins à l'époque) avait raccroché le combiné avec force. Maintenant, il se prenait la tête à deux mains, des gouttes de sueur perlaient abondamment de son front. A quinze jours de la réception du chantier de la GSA (une rénovation "artistique" avec un préau élancé). Il avait fallu tirer les prix. Pas question de faire usiner des prototypes de fixations pour les porteurs. Le sur-mesure : hors budget, et pourquoi pas des haubans ! Il fallait opter pour une visserie traditionnelle (de la quincaille ! s'emportait-il).

— Va pour des rangées de vis Parker, Finnegall. Mais si les tringles tombent, tu tombes avec ! Je te prie de croire que j'y veillerai personnellement. Et je te ferai bouffer chaque rondelle de vis par le… Il a raccroché, l'animal !

(Crac !)

Mandy, apportez-moi un nouveau téléphone… Et un San Pellegrino !

GENÈSE

Lundi 1er mai 1972

Le 1er mai 1972… J'ai de ce jour un souvenir limpide. On était dans l'atelier de Parizzi, le vieux serrurier de l'école. Sebastian, son assistant, passait les tubes sous l'eau froide. Ça sentait la soudure et la limaille de fer. Moi, j'attendais patiemment la livraison de mes deux piètements. "Les deux chaises à Klumbert !" ricanait Sebastian en découvrant sa dent en or. Un bon gars, Sebastian, boucle d'oreille, cheveux mi-longs, toujours bronzé, toujours le mot pour rire et une voix d'ogre. Un corsaire en bleu de chauffe, la branche de réglisse au coin des lèvres. Je crois qu'il était d'origine tzigane. Il est apparu dans un nuage de vapeur, les deux carcasses à la main. Il a craché par terre. Moi j'avais hâte que l'on ajuste les deux coques pressées-moulées sur les armatures brutes (pas encore laquées à ce stade). Parizzi est venu nous prêter main-forte avec ses épaisses paluches de serrurier aux ongles noirs. On a placé les coques. C'est tout. Rien de transcendant. Deux chaises côte à côte. C'est tout bête. Mes chaises. Même pas finies. Et puis il y a eu cette phrase de Parizzi, je m'en souviendrai toujours (il roulait les *r*).

— Klumbert, ça prend de la place, on les met où les protos ?

Moi, les bras ballants, les yeux définitivement rivés sur mes “créatures” :

— Vous n’avez qu’à les empiler dans le coin avant de les emballer ! (Ce qu’il fit.)

J’avais dit ça sans y penser. Parizzi a disposé les prototypes l’un sur l’autre. “Shlonk !” Stupeur dans l’atelier : les deux modèles s’encastrent à la perfection. Merveilleux hasard. Révélation des vertus empilables. Sebastian a des yeux ronds comme des billes. Plus personne ne peut détacher son regard des chaises accouplées. Je n’oublierai jamais ce moment, ni le bruit de ces deux chaises.

— Venez, venez voir les chaises à Klumbert ! Ça rentre comme papa dans maman !

La salle d’emballage s’est progressivement remplie d’élèves, promptement rejoints par des professeurs de design industriel, d’architecture, le directeur et le portier. Ils orbitaient autour de l’emboîtement comme des mouches incrédules.

La chaise Klumbert était née.

Par hasard.

*

Avec le cyclone qui approche, les gens deviennent hystériques. L’air charrie de l’électricité.

La presse parle beaucoup du centre hospitalier de Brentwood, qui n’est qu’à quelques miles : on dit que les patients sont comme des animaux à l’approche d'une tempête, qu'ils se cognent au mur, développent de forts signes d'anxiété.

Par les temps qui courent, Los Angeles fait aussi l'affaire d'une poignée d'oiseaux de mauvais augure.

La tension, la chaleur, les émeutes, les forces de l'ordre sont à cran. Déjà trois bavures en une semaine. Souvent, je croise les imposantes voitures de patrouille, toutes sirènes hurlantes. Quand ils sortent de leur Ford, les policiers sont toujours prêts à dégainer leur Beretta 9 millimètres. Je les évite autant que je peux.

ANALYSES

Je réclame régulièrement la prescription d'analyses sanguines à des médecins généralistes. Tous les quinze jours, pour être précis. D'après mes calculs, quinze jours c'est la période moyenne d'incubation, que l'on parle de germes, de microbes parasites du tube digestif ou de mycoplasmes. Pour une prise de sang, il faut se lever plus tôt que d'habitude (c'est ennuyeux). Il faut se rendre au dispensaire de Bay Street à jeun (encore une rupture de rythme). Là, on vous fait patienter dans un hall d'inspiration soixante-dix (plafond en Luxalon, tables basses en verre fumé et fausses chauffeuses Mourgue). Une secrétaire peu accorte jette un regard à votre ordonnance et vous indique un numéro de porte. On vous fait uriner dans un flacon blanc, puis on vous invite à vous asseoir. Les laborantins parlent météo et bonnes affaires de Larry Blount, le temps d'attraper une sangle en caoutchouc beige. Ils alignent quelques tubes vides étiquetés et sélectionnent une grosse veine bien bleue. Ils piquent mais on ne sent jamais rien, même quand ils retirent l'aiguille.

— Serrez le poing, s'il vous plaît, monsieur Klumbates… C'est bon, vous pouvez relâcher !

Je ne m'émeus plus de voir les trois ou quatre fioles gorgées de mon sang.

— Ça va toujours ?

— Ça va, ça va.

— Pliez le bras en serrant bien fort le petit coton, je vais vous donner un petit sparadrap.

Mes derniers résultats étaient satisfaisants, entre autres, au niveau des sérologies herpétique, hépatique et HIV. L'examen cytobactériologique urinaire n'a révélé aucun mycoplasme, la macroscopie se félicitait d'un aspect limpide et d'un beau jaune pâle.

— Encore vous, qu'est-ce qui ne va pas cette fois, monsieur Clownbert ?
— Le cholestérol est en légère augmentation depuis la dernière fois, est-ce que j'ai des raisons de m'inquiéter ?
— Absolument pas, non ! Qui vous a prescrit ces analyses ? On les a déjà effectuées le mois dernier.

C'est agaçant toutes ces questions.

LES GRUBERT

Chez les Grubert, le repas du soir se fait généralement dans la cuisine avec les informations en fond sonore. On parle bas autour de la table et les échanges sont limités au minimum syndical.

— Je veux bien le sel, je te prie.

Monica a violemment repoussé les couverts et elle est montée dans sa chambre en vagissant. La porte a claqué. Mme Grubert a fusillé son époux du regard. Il s'est immédiatement ratatiné dans son siège.

— Qu'est-ce que j'ai dit ?

Après quelques minutes, ils se sont tout de même décidés à se lever de table et ont investi l'étage.

— Monie…

Mme Grubert mère a gentiment gratté à la porte, monsieur se tenait derrière elle, sa serviette de table encore enfoncée dans son col de chemise.

— Tu peux tout nous dire, a renchéri M. Grubert père, sur un ton exagérément solennel.

Mais aucune explication n'est venue de derrière la porte. Les époux Grubert sont finalement retournés à table. Monsieur a monté le son des informations. Le nez dans son assiette, madame raclait machinalement un fond de gratin aux brocolis avec sa cuiller en argent. Des pas feutrés ont détourné leur attention. En haut de l'escalier, Monica est apparue à la balustrade, en petite culotte rose échancrée et soutien-gorge assorti, deux couettes jaillissaient de ses cheveux en bataille. En mâchonnant son pouce, elle a articulé faiblement :

— C'est le monsieur chauve, il me fait peur…

REDIFFUSION

Bulletin du lundi 4 mai 1992

Le 29 avril, peu après l'énoncé du verdict de la très médiatique affaire Rodney King, l'acquittement des policiers a provoqué l'ire de nombreux groupes ethniques. On parle d'une centaine de morts et de milliers de blessés. Les dégâts frisent le milliard de dollars à la suite des événements qui ont embrasé South Central. La garde nationale a été dépêchée sur place, pour prêter main-forte aux forces de police. Lors d'un point de presse improvisé au Parker Center, le chef du LAPD n'a pas caché son inquiétude. De source proche des services du procureur : "Nous ne sommes pas au bout de nos peines."

ADAM SMOCKIN pour KWA.

L'ANNONCIATION FAITE A HUMBERT
(détail)

Dans la nuit du jeudi 7
au vendredi 8 mai 1992

Un halo de lumière a troué le plafond de la chambre et Werner, mon vieux camarade d'école, m'est apparu au coin du lit. Il avait l'air d'un adulte et portait de lourdes ailes de plumes gris-blanc qui battaient lentement dans son dos. Il me semblait qu'on jouait simultanément la montée de la numéro 1 de Mahler en sourdine. Il a déroulé un parchemin et a délivré son message, comme une litanie de vigile pascale :

— Quant au jour du Sans-Soleil, l'œil du Vent alignera son armée céleste et la Terre et le Haut ajusteront leurs spirales. Le petit homme en cet axe, tourmenté par les pointes de la figure (…) Les messagers feront annonce, sans qu'il en prenne ombrage ni mesure. L'un, ancien et définitivement égaré, l'autre en fuite, élégante et ombreuse. Tous trois commandés convergeront vers l'astre monumental des plaies. (…) Contraints de rallier grabats et infirmes. Par la porte de soixante coudées, introduits dans l'ogive en ouest et reclus au nord-ouest, à soixante coudées sous le niveau de la mer. (…) Le maître des aéronefs soufflera sa dernière voix, et toutes les lumières expireront. (…) Le petit homme, pivot des turbulences, claquemuré, ressentira, d'organes et d'esprit, le scellement hermétique de la boîte qui libéra les forces centrifuges du chaos. En cet instant, l'esprit du géomètre trouvera l'espace où il se confondra en sereine équation.

Il a refermé le parchemin. Le courant d'air dans son dos me décoiffait un peu plus et il m'a chastement embrassé avant de disparaître sur la dernière phrase musicale de *Titan*…

CORRESPONDANCES, DÉPLIANTS ET AUGURES

Vendredi 8 mai 1992

Je m'appelle Humbert Klumbert, j'ai quarante ans depuis vendredi dernier et le sort semble s'acharner sur ma petite personne. Cela va bien au-delà d'une simple crise de la quarantaine. Mes jambes me faisaient mal ce matin, même le boutis me semblait lourd. Mon corps au réveil m'a fait l'effet d'une croix enroulée dans un linge. Mes jambes, mes orteils et aussi mes côtes, jusqu'aux phalanges et à ma nuque, tous étaient perclus de douleurs articulaires, et ma peau brûlait légèrement comme sous l'effet d'un soleil trop ardent et mes yeux picotaient aussi. J'ai de plus en plus de mal à me défaire de la certitude que le pire est à venir. La matinée commençait plutôt bien et semblait contredire mes craintes. Je réalisai assez facilement les figures imposées du matin, jusqu'aux grilles d'IBC. Il fallait bien que cela arrive un jour : la Porsche 911 se tenait en embuscade de l'autre côté de la chaussée ; ses phares étaient comme des yeux mauvais et un moignon électrique pendouillait misérablement à la place du rétro gauche. Il y a eu un court temps d'observation et un grand coup d'accélérateur.

— SCHPEUUHHH !

Je me suis réveillé à l'infirmerie d'IBC une demiheure plus tard. Ça m'élançait un peu, mais ces douleurs étaient supportables. On m'a tout de même conseillé de faire une radio. Le coordinateur se pressait déjà à mon chevet, il serrait contre lui ma sacoche de cuir :

— On m'a averti. Oh mon Dieu ! C'est la Porsche de M. Gonzales qui vous a fait ça ?

— Ça va, ça va. J'ai du travail. Merci de votre sollicitude.

J'ai passé la matinée à établir la cartographie détaillée de la cafétéria, je voulais retrouver des gestes simples et me changer les idées. Le calque déballé, je l'ai tranché en son axe avec une lame de cutter. En desserrant le frein du pédalier, j'ai incliné la table. Un avant-bras en travers pour contrer les velléités d'enroulement des coins, puis j'ai dompté la feuille à l'aide de quatre morceaux de scotch de peintre. J'ai tracé de mémoire les contours intérieurs de *Bruno's* : paillasson industriel dans l'entrée-sas à deux vantaux ouvrant à la française sur l'aire de stationnement gravillonnée (pour le gravier j'assène des tactactac serrés de graphite) puis les cinquante tables de brasserie 120 x 50 en deux rangées symétriques de vingt-cinq, serties dans des box de banquettes de 120 x 60, eux-mêmes arbitrés par une allée centrale d'1,20 mètre. Au fond, le comptoir délimite la zone cuisine semi-ouverte centrée autour d'un piano cinq feux trois plaques et des gaines de VMC courent au plafond dans tous les sens, le ciel de bar (ici en pointillé) file en diagonale et vient mourir sur la cloison des sanitaires, porte ouvrant vers l'extérieur, lave-mains, toilettes hommes et dames côte à côte. Une fois les grands traits posés, j'ai surligné mon plan à l'encre de Chine avec l'application des élèves de première année, quand ils coincent leur langue entre leurs dents (sur papier millimétré, nous n'avions pas le droit à l'erreur). Lorsque la dernière ligne d'encre s'est matifiée, j'ai éliminé les traces de crayon avec une gomme en polymère (la seule qui n'altère pas le trait sec). En voulant le décoller, j'ai renversé un pot d'encre sur le plan. La tache faisait apparaître un funeste Rorschach. J'ai placé mes doigts en griffes et j'ai réduit le calque en boule. Puis lancer franc dans la corbeille, où la sphère s'est abîmée dans un petit bruit de tôle.

Ping !

Je quitte à 6 p.m. Je range les crayons dans la petite sacoche marron, nettoie le tire-ligne avec de l'alcool, enroule les calques, raccroche les perroquets (à dire vrai, je ne les utilise guère). Aujourd'hui c'est vendredi, le jour de ma séance. Direction le vingt-sixième étage. Emprunter l'ascenseur est une épreuve.

Oui, je suis claustrophobe, en plus.

6:30 P.M., LE CANAPÉ DU DOCTEUR LLOYD

Tous les vendredis, à 6:30 p.m., je consulte de mon plein gré un psychanalyste californien renommé et fort onéreux. Il s'appelle Frank Lloyd, comme l'architecte, le "Wright" en moins. Frankie ne semble pas inquiet à mon endroit…

Il y a vingt-trois ans je découvrais la thérapie cognitivo-comportementale avec Tors à Salzbourg. Il y a trois ans, quand j'ai débarqué à Santa Monica, je suis passé à la psychanalyse lacanienne avec Lloyd : il prétend que sa méthode est la bonne. Mais personne n'arrive à la cheville du professeur Tors. Dès la première séance, j'ai exigé d'avoir Lloyd dans mon dos, et sans commentaires. Frank Lloyd (je ne l'appelle jamais docteur) officie vingt-quatre étages au-dessus de ma table à dessin. Auteur du best-seller *Friend of Mind*, c'est un réducteur de têtes en série, pur produit du folklore américain. Une nouvelle race de thérapeutes photogéniques, toujours entre deux practices de golf. Dans le lobby, il y a une plante verte, je crois que c'est un yucca. Il y a aussi des plaques cuivrées au mur avec le nom d'un radiologue, d'un orthodontiste, d'un chirurgien esthétique et des dalles de moquette saumon dans le couloir face aux ascenseurs.

— Alors, monsieur Klumbert, où en sommes-nous ?
— …
— Vous êtes tombé dans l'escalier ?
— C'est ça, c'est ça.

La copie de méridienne Expo Barcelona n'est pas très confortable, le cuir est de mauvaise qualité et les passepoils grossiers… Il fait très beau, et un peu plus lourd qu'à l'habitude. La climatisation peine à maintenir la pièce au frais. J'ai perçu une légère odeur de transpiration près de la chaise de Lloyd. Je fixe la baie panoramique, le palmier d'intérieur et un peu le plafond (dire que je paie l'homme qui se trouve derrière pour éponger mes silences). Peut-être prend-il des notes, à moins qu'il ne soit en train de se curer le nez avec son majeur ou de faire des oreilles de lapin avec ses mains par-dessus son crâne d'œuf trop cuit… Quand je sens qu'il est temps, je lui jette un mot en pâture. Le premier qui me vient à l'esprit. Aujourd'hui c'est :
— … charbonneux.
— Très bien, monsieur Klumbert, à la semaine prochaine, même heure.
— Sale juif ! (Ce mec est tellement amorphe, je ne sais plus quoi inventer pour le faire réagir.)
— Je vous demande pardon ?
— Je voulais dire… à la semaine prochaine.

Après la séance, je ne m'attarde pas, en général.

Lorsque l'on contourne les bâtiments administratifs d'IBC, on remarque, à la périphérie, des ouïes à intervalles réguliers. Le muret souffle par endroits un air chaud chargé d'une forte odeur de détergent. Un vent industriel qui cogne à l'ourlet et fait battre les bas de pantalon.

C'est important une bonne ventilation par les temps qui courent.

Je rentre.

Une fois passé la porte de l'appartement, je repère une lettre, émergeant des prospectus que j'ai extraits de la boîte. J'identifie immédiatement son auteure. A son écriture droite et sévère. Avant de décacheter l'enveloppe de papier toilé, je l'ai effleurée et j'ai humé un peu le cachet rectangulaire à côté de celui de la poste autrichienne :

Salzbourg, le 29 avril 1992.

Humbert,

Cela fait quelque temps que vous ne m'avez pas écrit de vos nouvelles. J'espère qu'il ne vous est rien arrivé. Dans votre dernière lettre du 28, vous n'avez pas mentionné votre anniversaire. Or vous n'êtes pas le genre à oublier.

Quarante ans, quel chiffre, n'est-ce pas ?

Nous étions convenus de vous rejoindre, mais avec les problèmes de votre père, le médecin déconseille les transports pour le moment... La clinique a très bonne réputation, je m'y rends au moins trois fois par semaine. Le professeur Gombrich, qui s'occupe du service de cardiologie, m'a certifié qu'il ferait le maximum pour votre père. Il est ressorti plus affaibli qu'à l'habitude, le pontage de la semaine dernière a exigé une lourde anesthésie. Mais il reprend des couleurs et il a toujours l'esprit vif. Il me réclame sans cesse des mots croisés, qu'il noircit à toute vitesse, et les revues scientifiques qu'il affectionnait du temps qu'il était ingénieur. Parfois même, il parle longuement de canalisations, de têtes de forage, il dessine aussi : la semaine dernière, l'infirmière a hérité d'un croquis de derrick. Les internes l'appellent Herzog la Science, je n'aime pas trop leur familiarité, mais comme je vous l'écrivais plus haut, ils sont compétents.

Mme Blum m'a encore demandé de vos nouvelles. C'était votre nourrice, quand nous habitions encore dans le lotissement de la raffinerie. Elle semblait très inquiète au sujet de votre thème astral, ou je ne sais trop quoi. Une histoire de planètes alignées, la semaine de vos quarante ans. Cette malheureuse Mme Blum n'a décidément plus toute sa tête depuis le décès de Werner. Je pense surtout que sa fille a toujours un faible pour vous...

Aux informations autrichiennes, ils ont mentionné l'ouragan qui menace la Californie, cela doit être sérieux. Tenez-moi au courant. Votre père ne cesse de m'interroger sur le sujet. Et suivez bien les consignes de la sécurité civile.

De toute façon vous faites toujours ce qu'il faut.

Bien à vous.

Et c'est signé ADA KLUMBERT.

Post-scriptum : Si vous aviez des problèmes, vous me le diriez, n'est-ce pas ?

Griffonné péniblement dans la marge :

A mon fils, (...) toute mon affection.

Mon père va mal, d'habitude, ce n'est pas un tendre.

Derrière le dépliant du K-Mart, un bordereau d'analyses et un menu Pollo Loco, une enveloppe a éveillé ma curiosité. Oblitération autrichienne tout d'abord, ensuite la façon d'écrire "Mister" au lieu de "Mr" Humbert Klumbert, juste au-dessus de "1531 Michigan Avenue" avant le code postal et, ce qui m'a fait bondir : "California United States Of America By air mail" sur la même ligne. Une écriture appuyée, tout anguleuse. J'ai déplié ce qui m'a paru être une page de bloc-notes à petits carreaux, remplie de haut en bas au stylo feutre mauve.

Zisterdorf, Basse-Autriche, 29 avril 1992.

A l'attention de Monsieur Humbert Klumbert,
dessinateur industriel.

Monsieur,

Si je me permets de vous écrire, c'est que de grands malheurs vous guettent cette semaine. Mon épître aux Dames ne m'a jamais trompée, les cartes que j'ai alignées pour vous étaient sans équivoque. Si mon pauvre Werner était encore de ce monde, il vous dirait aussi ce qu'il a vu dans le marc, la boule et l'encre. Ces prédictions, pour énigmatiques qu'elles fussent, l'ont bouleversé. Il a cherché leur sens de nombreux mois, en vain. Je commence à penser que son échec n'est pas étranger à sa disparition. Werner se considérait un peu comme votre grand frère. Déjà à l'école, il prenait votre défense. Il a laissé des notes manuscrites à votre intention et une lettre où il dit qu'il vous sera plus utile là-haut. Avec votre autorisation, je souhaiterais conserver ces documents encore un peu. L'interprétation des écritures automatiques de Werner s'avère laborieuse.

Je ne puis en dire plus pour l'instant. J'ai déjà alerté votre mère, mais c'est une cartésienne. Les prédictions d'une ex-nourrice parapsychologue, fût-elle récemment endeuillée, ne pèsent pas lourd.

Entendez mes avertissements.

Et priez beaucoup…

ANN JOSEE BLUM,
88, Wienerstrasse,
Zisterdorf,
Österreich.

P.-S. – *Heike vous embrasse.*

J'ai soigneusement rangé les lettres, toutes deux m'ont laissé interdit. La première en raison de sa froideur – je ne m'y habituerai jamais –, la seconde en raison de son style hermétique – je n'étais pas beaucoup plus avancé sur mon sort. En moins de temps qu'il n'en faut pour le dire, j'avais tiré deux ou trois feuilles de mon bloc à en-tête et sorti mon Diplomat en argent massif de son étui.

Santa Monica, May 8, 1992.

Madame Blum,

Je vous remercie de l'intérêt que vous portez à mon avenir et je me joins à votre peine pour Werner. Cela fera un an dans quelques jours et je peux imaginer combien cette période est difficile pour vous et Heike.

A dire vrai, votre lettre a éveillé ma curiosité mais je reste un peu sur ma faim.

Tâchez de m'en dire plus.
Je tâcherai d'être prudent.

Cordialement.

H. K.

Expédié mais courtois.

Santa Monica, May 8, 1992.

Chers mère et père,

Je vais bien.

Je viens de boucler l'agencement du hall du Federal Office, avec un peu de retard. Au bureau, c'est le "rush" comme on dit. Grâce à Dieu, je suis bien encadré. Hier soir, j'ai dîné chez mon chef de projet, Irvin, sa femme avait préparé un chili du tonnerre, ses deux enfants sont charmants et son pavillon d'El Segundo est agréablement décoré.

Sofia et moi avons décidé, d'un commun accord, de prendre quelques distances. La rétrospective des impressionnistes français lui réclame tout son temps.

Ce que je peux comprendre : je suis moi-même submergé de travail.

Je ne vais plus guère à Los Angeles, les nouvelles que j'en ai ne vont pas vous rassurer (cette ville me fait de plus en plus l'effet d'une cocotte-minute).

Il y a eu des émeutes et quelques bavures policières à South Central, un quartier chaud – fort heureusement bien loin de Michigan Avenue !

Quelque chose me dit que nous ne sommes pas au bout de nos peines.

Il suffit qu'un automobiliste freine un peu brusquement au feu pour qu'une bagarre éclate. Les hôpitaux affichent complet et les mouvements millénaristes pullulent.

Au sujet de l'alerte météo, le pic est prévu cette semaine. J'ai pris mes dispositions. N'ayez crainte.

Mme Blum a écrit des choses absconses. Elle m'inquiète, elle aussi. Je lui ai répondu poliment.

Bien à vous.

H. K.

Très plausible. Bon à poster.

J'ai composé le numéro de Valentina et pris une douche glacée. A cause de l'eau froide, il m'a fallu insister pour obtenir quelque chose de mon sexe (j'ai imaginé Lloyd torturé dans une geôle khmère). Peu après, la vue du Whooper froid m'a soulevé l'estomac, et je me suis dit que sauter un deuxième repas en moins d'une semaine ne pouvait pas me faire de mal.

Le carré de coton m'accueille et, bien que je sois un peu de travers, j'entre tout de même dans mon lit.

La journée est finie.

— Clic !

(et je trouve cette chaleur de plus en plus intenable)

BULLETIN D'INFORMATION
DU VENDREDI 8 MAI 1992

La vague de chaleur qui s'est abattue dans le Sud du pays – Texas, Californie et Nouveau-Mexique – a fait près d'une vingtaine de morts en moins d'une semaine. Au Texas, les températures excessives ont tué dix personnes et, dans l'Etat voisin de Louisiane, la chaleur a fait cinq victimes. Les autorités sanitaires ne cessent de rapporter de nouveaux cas de décès liés aux températures élevées. On notera une température moyenne de 41° C en Californie pour la quinzaine écoulée. Face au nombre croissant de victimes, les autorités rappellent les mesures élémentaires de sécurité, notamment à l'égard des personnes âgées ou fragiles : éviter les efforts et privilégier les endroits munis de climatiseurs lors des pointes. Selon les services météorologiques, la canicule devrait persister, favorisant la formation de phénomènes atmosphériques violents. On pense enregistrer des températures records dans les prochains jours.

ADAM SMOCKIN pour KWA.

UN THÉ CHEZ LES THOMAS

Dimanche 23 juillet 1978

— Regarde qui est là !

Martha était coutumière des accueils en fanfare. Les petits mal-élevés se faufilaient déjà derrière ses jupes pour se jeter sur les scones encore chauds.

— Pas si vite : et la bise à grand-mère ?

Le salon vert pâle sentait le vieux et l'incontinence. Robert continuait de remplir ses mots croisés disposés en tas sur une table de bridge.

— Bonjour, bonjour..., dit-il sans lâcher du regard ce qu'il appelait son "sport cérébral".

— Ahh, voilà le plus beau !

Planté dans l'encadrement de la porte d'entrée, T. J. dissimulait mal son embarras, il se laissa étreindre de mauvaise grâce et tendit un bouquet.

— C'est des lys ! crut bon d'ajouter la bru.

— Ton père est dans le salon, Junior, va lui faire un coucou.

— 'lut pater. (Il pensait "vieux con" si fort qu'il eut une seconde l'impression de l'avoir vraiment dit.)

— Salut, fils.

Les gosses se hissaient sur les chaises empilables qu'on avait rapportées de la cuisine et remplissaient leurs joues à la façon de hamsters. Martha fit couler du thé dans quatre tasses, proposa aux adultes de s'asseoir et engagea la conversation sur un ton désinvolte. A quelques pas de la table, Robert trônait toujours sur son fauteuil Everstyl, penché sur des damiers de papier journal qu'il noircissait au stylo bille. Il but un peu de thé et fouilla dans son peignoir pour y trouver sa pipe. Il s'absorba tout entier dans le rituel du bourrage.

— Pater, on aurait besoin de deux mille dollars pour changer la transmission du break.

Il a levé un sourcil à l'énoncé de la somme, mais n'était pas surpris le moins du monde. Son fils était vraiment un indécrottable trou du cul.

ROBERT "BOB" H. THOMAS SR DISPARAÎT
jeudi 27 juillet 1978

Fairfax County, jeudi 27 juillet 1978, 10:29 a.m. Robert H. Thomas Senior, commissaire aux comptes, quitte son bureau de la deuxième section. Dans quelques minutes, il rejoindra sa femme, Martha, à bord d'un Greyhound à destination de La Jolla. Il porte son éternel costume en tweed avec des empiècements aux coudes et un gilet neuf à losanges. C'est une journée ensoleillée, la première d'un congé exceptionnel d'un an. Un exemplaire du *Fairfax Sentinel* dans la main droite, il emprunte l'allée en gravier (que tout le monde appelle "la rue*"). Il passe à proximité d'un entrepôt de la General Services Administration. 10:30 a.m. Une ligature de l'araignée du toit cède et entraîne avec elle une poutre de plusieurs tonnes, puis un segment entier du toit. Linteaux, arches, contreforts et dalles d'Eternit s'amoncellent sur le sol. A quelques centimètres de Robert "Bob" H. Thomas Sr. Ce dernier marque un temps et se décide à faire un pas chassé sur le côté, en parfait décalage avec le rythme de l'action. Le cadran de sa montre-chronographe est rayé. Lui est indemne.

* En français dans le texte.

Il ne s'explique pas la chute. Il ne s'explique pas la poussière qui recouvre le nubuck de ses chaussures neuves. Il ne s'explique pas la structure porteuse en lambeaux à ses pieds

— Surtout ne pas rater le bus… Surtout ne pas rater le bus…

Sa dernière pensée fugitive avant le vacarme. Sa dernière pensée, désormais indélébile :

— Surtout ne pas rater le Fairfax-La Jolla (billet AR non remboursable 139 $ tarif spécial négocié GSA).

C'est le début d'une très longue année sabbatique.

MAXIMILIEN REMBRANDT (POUR CEUX QUE ÇA INTÉRESSE)

Max Rembrandt, vingt-cinq ans, planton huissier au courrier de la GSA, s'en tire avec des ecchymoses et un bras en écharpe. Il ne poussera pas son petit chariot de courrier pendant quelques semaines. Il racontera l'effondrement du toit de la GSA à l'envi. En distribuant ses épaisses enveloppes de kraft beige. En ouvrant les battants en plexiglas des boîtes aux lettres. A qui voudra l'entendre. En faisant tinter la grille du chariot avec son passe. Seul un détail lui échappe encore : qu'est-il advenu du vieux monsieur avec la veste en tweed, l'autre témoin de la catastrophe ? Pas de nouvelles.

— Un commissaire à la retraite, dites-vous ?

— Surtout ne pas rater le Fairfax-La Jolla (billet AR non remboursable 139 $ tarif spécial négocié GSA) !

WURLIZTER, OLIE, BOBBY ET LES AUTRES

Samedi 9 mai 1992

Je m'appelle Humbert Klumbert, j'ai quarante ans depuis le vendredi 1er mai… Je suis fils unique. Je vis seul. Je plie moi-même mes sous-vêtements. Ce matin encore je me suis réveillé selon un rituel bien établi. Une nouveauté cependant : j'avais la certitude que cette journée ne serait pas productive et, en plus, je me suis cogné la tête sur la table de chevet.

Pied droit posé sur le parquet : journée commencée.

Le soleil est un réveil infaillible. Chaque matin, il dispense ses rayons bienfaisants sur Michigan Avenue. Sa ponctualité astronomique me ravit.

J'ai appris à faire mon lit au carré en pension, à Zisterdorf. Chaque matin, je me rappelle les cheminées de la raffinerie, la cour, les uniformes bleus et l'inspection du matin.

Quand la surface du boutis est bien lisse, je récite le psaume XC, en position du lotus.

Que j'habite Michigan Avenue ou Doheny Drive, ça m'est égal. Mes amis d'Europe ne font pas la différence entre Santa Monica et les hauteurs de Beverly Hills. D'ailleurs, je n'ai pas d'amis en Europe. La radio, le matin, c'est uniquement pour assimiler l'accent. Mes concitoyens américains me prennent toujours pour un Suisse. Phonétiquement, je n'ai pas encore le *flow**, comme ils disent.

Sous la douche, j'ai examiné mes bleus qui commencent à peine à virer au jaune.

J'ai quarante ans, alors je fais quarante et une pompes. L'an prochain quarante-deux et ainsi de suite. Partant de cette équation, plus je vieillis, plus je suis tonique. Je ne saurais prendre mon petit-déjeuner sans être passé par la case "arrêt de bus". Je parie qu'elle sera là, comme chaque matin, et qu'elle portera son teddy beige et rouge, bien qu'il fasse déjà chaud. Il n'y a rien à comprendre. Je griffonne ses horaires de passage sur mon calepin, j'annote mes petits commentaires dans la marge. Aujourd'hui, elle a deux minutes de retard. J'avais prévu de rester un peu plus, au cas où.

Je prévois toujours.

La cafétéria *Bruno's* est encore vide. Il est tôt. Le tablier brodé de Dawn Spaliari, le cheese-cake-cappuccino, le dollar plié en coin de table : tout y est. Jusqu'au ticket de caisse déchiré à l'angle. Au fond, Bruno fait frire des œufs sur une plaque noire comme la vidange du Pegaso Troner qui sort du parking.

(Bruno, en fait, c'est écrit Luigi Massimo Spaliari sur sa *green card*.)

D'habitude, Dawn ne pose pas de questions, mais les ecchymoses sur mon visage ont éveillé sa

* Débit (phrasé).

curiosité. Compte rendu de mon vol plané, cheesecake-cappuccino et *basta così*. A la table d'à côté, Cosmo écoutait tout. Sans que je lui aie rien demandé, il s'est essuyé le museau et m'a fixé d'un air entendu :

— *Capito, Piccolino, capito !*

RICHARD VALENZUELA, DIT RITCHIE VALENCE

Les livreurs sont venus installer le nouveau juke-box. Luigi était très excité : six mois qu'il attendait ça. Il a signé le bon sans même lire les sous-paragraphes. "Vous avez vu..." par-ci, "Vous allez voir..." par-là, les gars semblaient même agacés par son impatience. Ils ont déballé l'engin, vérifié le raccord électrique avec un tournevis testeur. Livraison, déballage de l'objet et installation du juke-box par les gaillards en t-shirt Wurlitzer, le tout en moins de trente minutes. Ils se sont finalement connectés à la prise avec un gros câble noir. Premier essai. Luigi sort une pièce toute lisse d'un petit sac de plastique transparent. Il la glisse dans la fente de chrome et jubile. Chhht ! Il bat des bras pour faire le silence autour de lui. Il vient de taper un numéro aléatoire à quatre chiffres. Un vrai gosse. De derrière le comptoir, Dawn observe la scène, avec une certaine tendresse. Le tiroir à disques s'est immobilisé. Son mari aussi. Un temps mort et le juke-box s'illumine. "I had a girl and Donna was her name..." Je connais cette rengaine rétro. Richard Valenzuela dit Ritchie Valence. La chanson, c'est *Donna*. Valence est mort dans le crash d'un petit aéroplane, Buddy Holly aussi, il me semble. L'avion, c'est ma bête noire. Il n'existe pas pire endroit que les cabines pressurisées des vols commerciaux. Je me souviens des dernières heures de mon vol Vienne-Schwechat/Los Angeles-Tom Bradley – un enfer. Je me souviens des turbulences, de mon café projeté sur la tablette rabattue en quatrième vitesse, de la musique douce (du jazz), du voyant rouge sur le dossier, des lignes de pluie sur le hublot, du gros nuage allumé comme un abat-jour, de mes mains moites serrant le rince-doigts citronné et du visage décomposé de l'hôtesse venue se sangler sur le siège voisin. C'était mon premier et dernier vol long-courrier. Je ne pense pas remettre les pieds dans un 747 de sitôt…

"… 'cause I love my girl, Doonna away, can't you see, where can you be ? Oooh Donna, oooh Donna…" J'ai immédiatement pensé que l'inconnue d'IBC pourrait s'appeler Dona, mais avec un seul *n*. De son côté, Luigi chancelle de bonheur, Dawn le regarde tendrement en rinçant un verre de Miller. *"Oooh Donna, oooh Donna…"* Et puis un courant d'air froid a traversé les banquettes. J'ai tourné la tête. La brune gigantesque d'IBC (elle doit approcher les deux mètres) a fait son entrée dans la cafétéria. Les verres ont cessé de tinter, et le brouhaha a stoppé net. Elle s'est dirigée vers ma table sans un regard puis a glissé sur la banquette d'en face. Sans explication. Son audace me clouait. Nos genoux se sont touchés à plusieurs reprises. Ses coups de fleuret étaient comme de petites décharges de quinze volts. Pour me donner une contenance, je chantonnais entre mes mâchoires, les yeux détournés vers le juke-box. *"Oooh Donna, oooh Donna…"*

— Mon nom est Oleta Herr-Emm… Vous permettez ?

Elle a replacé ma fourchette dans l'alignement de la table et a lissé la nappe à carreaux du plat de la main.

— C'est mieux.

— … (Fascinant.)

— Vous pouvez dire Olie, a-t-elle conclu, ses yeux droit dans les miens.

— …

Par instants, le tissu de son pantalon faisait siffler la moleskine. Un expresso s'est immédiatement posé devant elle, qu'elle a bu d'un trait, sans se brûler. (Elle pourrait aussi bien s'appeler Diane.) Elle a laissé une marque mauve sur le rebord de la tasse. Elle s'est levée. Elle est partie. Je fredonnais toujours machinalement les dernières mesures de la chanson. Mes yeux vagabondaient entre l'empreinte de ses lèvres, la tasse blanche et le marc. “Oooh Olie…”

Et puis je me suis levé comme un seul homme :

— Madame Spaliari ! Les toilettes, c'est toujours là-bas, au fond, à côté du tableau ?

Sur le chemin du bureau, j'ai un peu traîné la jambe, la canicule n'arrangeait rien. Impossible de me débarrasser du refrain entêtant de *Golden Lady* de Stevie Wonder. Aujourd'hui, tout le monde est parti en week-end. Je ressens tout de même une pointe d'appréhension devant la guérite du parking, au moment de “badger”. A l'entrée d'IBC, j'ai exceptionnellement emprunté le tourniquet pour les piétons. Lors d'un moment d'inattention, il me semble avoir touché un joint de dilatation avec la pointe de ma semelle, mais je n'en suis pas sûr. Une fois en haut, j'ai posé mes affaires, mes pensées étaient ailleurs. L'étage quasi désert, je ne m'attendais pas à la visite du coordinateur-agenceur :

— Oh là là, ça doit faire sacrément mal, les bleus !

— Ça va, ça va…

— Humbert, vous permettez que je vous appelle Humbert ? Oh, allez, depuis le temps qu'on se connaît ! Je vous ai préparé une petite surprise. J'ai un carton rempli d'articles vous concernant à la maison.

Je les ai tous regroupés dans un album broché à vingt dollars. Mais qu'importe le prix !

— Intéressant.

— Alors, grand gâté, ça mérite bien une petite récompense, non ?

— Plaît-il ?

Il s'est penché si vite que je n'ai pu esquiver sa baveuse succion sur mes lèvres. La chaise bascule, sous le poids de nos deux corps.

— Mais vous êtes malade, lâchez-moi espèce de… espèce d'ho… espèce d'homosexuel !

A mesure que je repousse ses avances, il abandonne la lutte et se fige.

— Ah, je vois… Comme par hasard, on ne mange pas de ce pain-là ! C'est pas la gratitude qui vous étouffe, grosse allumeuse !

Il se rue sur une porte juste pour la claquer et, devant l'inutilité de son geste, revient à la charge avant de vider les lieux.

— Vous entendrez parler de moi !

S'ensuit un decrescendo d'insanités japonaises ponctué de claquements de portes lointains et de corbeilles renversées. Après m'être longuement rincé la bouche dans les sanitaires d'IBC, j'ai décidé de faire l'impasse sur mon quartier d'orange. Difficile de se concentrer entre le souvenir de la brune à talons et les avances du coordinateur (je crains de le voir débarquer à la tête d'une armée de ninjas priapiques). Je fais tourner un portemine entre mes doigts. Je désarticule un trombone jusqu'à la rupture. Ma lampe, à son tour, est l'objet de nombreux ajustements pour finir dans sa position initiale. Aucun doute :

— Rien de bon ne sortira du box aujourd'hui !

Je me trouve particulièrement inconstant, ces temps derniers, et, pour ne rien arranger, je sue comme une bête du matin au soir.

6 p.m. J'ai dessiné quelques heures, sans conviction ; pêle-mêle : un canapé convertible, des oreilles de Mickey et un sabre de samouraï avec un luxe particulier de détails pour représenter la crosse. Je fais tomber les crayons dans la petite sacoche marron (celle qui date du collège), souffle dans la buse du tire-ligne, aligne les rouleaux, balaie la gouttière de la table avec un plumeau.

— Oh, pardon !

En sortant d'IBC, j'ai légèrement bousculé un vieux, il a fait tomber son journal (il était déjà en piteux état).

(Il fait très chaud pour un crépuscule.)

Sur le chemin de Venice, le même vieux se tient devant la station des autocars Greyhound. Son journal toujours en piteux état. Il a sorti de sa veste un couvre-chef et l'a vissé sur son crâne. Comme si de rien n'était, il a tiré sur sa pipe.

Bizarre, ce type.

Le soir même, je l'ai encore vu, avec son *Fairfax Sentinel* du 27 juillet 1978, plié sous l'aisselle. Il fallait que je sache pourquoi ce personnage insolite se tenait près d'un arrêt de bus à 11:30 p.m. J'ai pressé le pas, pour qu'il ne m'échappe pas.

— Monsieur…

Il a fait un quart de tour.

— Monsieur…

Comme il repartait en sens inverse, je lui ai emboîté le pas. Ensuite il a couru très vite.

— Monsieur…

On a tourné comme ça pendant trois minutes, jusqu'à ce qu'il soit contraint de faire volte-face.

— Jeune homme, rien ne vous autorise à courir derrière les honnêtes gens comme un émeu en rut !

— Pardon ?

— J'ai tout de suite vu dans vos yeux le vice, le stupre et pis : le socialisme !

— Mais je n'ai rien contre…

— Brebis, brebis ! Louez le ciel d'avoir croisé ma route, car je serai l'instrument de votre salut, par la Bonté divine !

Et de me gifler avec son journal décomposé, une fois, puis deux, jusqu'à ce que le fasse suffoquer un nuage de confettis.

— Adorateur d'Onan (il tousse un peu), repens-toi car dans ton inavouable commerce, ta main gauche tu pourrais bien perdre !

(Je pare un troisième coup.)

— Mets un genou en terre, impur !

— Monsieur, à cette heure-ci, vous devriez être devant un bol de potage ou dans votre lit. Au lieu de ça, vous menez des réquisitoires nocturnes contre mon autoérotisme au pied d'un arrêt de bus. (Je n'ai pas vu venir le quatrième coup.) Mais qu'est-ce qui ne va pas, chez vous ?

Il a levé un sourcil à la façon de Sean Connery (ici on dit *to rise an eyebrow*).

— Concupiscent, gauchiste et curieux, par-dessus le marché ! Bonsoir, jeune homme, je suis Robert H. Thomas Senior, commissaire aux comptes de la General Services Administration de Fairfax, passerelle nord, bureau C 412, actuellement en congé sabbatique. 1978 est l'année idéale pour prendre le large, vous ne trouvez pas ? J'attends le Greyhound n° 18A24 Fairfax-La Jolla. Je dispose d'un billet aller/retour non remboursable à 139 $ tarif spécial négocié GSA. Tout est parfaitement en règle comme vous pouvez le constater.

(Pourquoi n'ai-je pas une carte du docteur Lloyd dans ma poche intérieure ?)

— Mes amis m'appellent Bob, vous pouvez continuer à m'appeler monsieur.

— Vous attendez le bus depuis quatorze ans, c'est ça, Bobby ?

— Ah, vilain ! Je ne supporte pas qu'on dise Bobby. Appelez-moi monsieur ou monsieur Thomas Senior ou bien monsieur le commissaire aux comptes ou encore Votre Sainteté.

— Votre Honneur… Il est minuit passé et vous êtes là, vous attendez…

— J'attends…

— Oui, mais…

— Surtout ne pas rater le Greyhound 18A24 Fairfax-La Jolla (billet AR non remboursable 139 $ tarif spécial négocié GSA).

— La Jolla, c'est extraordinaire, ça ! Vous connaissez l'institut Salk ?

— Surtout ne pas rater le Greyhound 18A24 Fairfax-La Jolla (billet AR non remboursable 139 $ tarif spécial négocié GSA).

— … Votre journal, là, c'est bien le *Fairfax Sentinel* ?

— C'est exact, jeune homme. Je suis commissaire aux comptes, vous savez ! A Fairfax, passerelle nord, bureau C 412.

— Ah oui, la General Services Administration.

— Comment avez-vous deviné ? Il aurait pu s'agir de l'administration pénitentiaire ou de celle du comté de Virginie.

— Vous me l'avez dit.

— Pardon ?

— Vous me l'avez dit, il n'y a pas cinq minutes. (Trouver la carte de Lloyd et prendre congé.)

— Mais vous délirez complètement, mon garçon, je viens d'arriver.

— Si vous le dites…

— D'ailleurs, je vais manquer le Greyhound 18A24 Fairfax-La Jolla (billet AR non remboursable 139 $ tarif spécial négocié GSA). Voyez mon billet.

— En effet.

— Je bénéficie de réductions substantielles sur les transports car je travaille dans l'administration. Je suis commissaire aux comptes.

— A Fairfax, n'est-ce pas ?

— Comment avez-vous deviné ?

— Le hasard, monsieur. J'ai dit Fairfax comme j'aurais dit Cleveland.

— Vous êtes stupéfiant, jeune homme. Tenez, voilà ma carte. Passez donc à l'occasion. Martha vous fera des scones et du thé. Je dois vous dire qu'on ne reçoit plus beaucoup de visites ces derniers temps. Mon fils et sa famille de primates me croient gâteux. Mais je suis encore vif, vous savez ! J'ai toute ma tête. Tout ça grâce au sport cérébral. Mots croisés, mots fléchés, mots mêlés, rébus, énigmes : tout y passe ! Je biffe, je compulse, je coche, au moins quatre heures par jour… Et, au fait… Vous suivez *Dallas* ? Et les scones, vous aimez ça, les scones ?

— Absolument.

J'ai tendu la main pour prendre la carte mais il s'est raidi, il a repris son air de vieille chouette.

— Qui êtes-vous, monsieur ?

— Souvenez-vous. Je vous ai demandé ce que vous faisiez là et vous m'avez parlé de Fairfax, de la GSA et même des scones de Martha. Je n'ai pas pu inventer ça, Bobby !

— Ah, vilain ! Je ne supporte pas qu'on dise Bobby, ça me rappelle ce personnage veule dans le feuilleton télévisé !

— Ah oui, *Dallas* !

— Plus bas, pour l'amour du ciel ! Les hommes en blanc… Ils pourraient nous entendre.

— Les hommes en blanc ?

— En fait, des taupes à la solde d'une puissance étrangère, ils ont déjà infiltré le corps médical. Je ne puis en dire plus. Ce qui se passe dans les sous-sols de la GSA est secret-défense, entendez-vous, secret-défense ! Je suis commissaire aux comptes et je n'ai pas pour habitude de m'épancher devant des péquenots de Californie !

— Si vous le dites.

— … Dis donc, petit, tu te branles un peu ?

— Quoi ?

— Et ta mère, elle te fait bander, ta mère, hein, petit mange-caca ! Tu aimes te pignoler ? (Il s'est remis à me taper dessus avec son journal.) Tu finiras au courrier, comme ce tire-au-flanc de Rembrandt !

— Monsieur Thomas Senior, arrêtez à la fin…

— Vous avez raison, il se fait tard. Je vais prendre congé.

— En ce moment, les rues ne sont pas très sûres. Je peux vous appeler un taxi, il y a une cabine. Il sera là bientôt.

— Pas la peine. Le Fairfax-La Jolla ne devrait plus tarder maintenant. Bonne nuit, monsieur. Monsieur… ?

— Klumbert, mon nom c'est Klumbert. Humbert Klumbert. Comme la chaise.

— Clownbird…

Son sourcil a de nouveau marqué un accent circonflexe et il a tourné les talons en chantonnant.

— Mange-caca, mange-caca…

Il est passé sous la lumière vive et puis, après le réverbère, je ne l'ai plus vu.

ROBERT EST VIVANT !

Fairfax, Virginie. Vendredi 1er mai 1992

Martha beurrait soigneusement les tranches d'un scone aux raisins et les engloutissait. Elle était en train de classer la revue de presse concernant la disparition de Robert. Parfois elle décidait d'un code couleur ou d'une hiérarchisation chronologique. Les articles les plus récents dataient d'une dizaine d'années et elle commençait, bon an mal an, à accepter l'idée du deuil. Aux informations du soir, on parlait encore de Los Angeles. Une manifestation avait mal tourné à South Central et le cortège s'était éparpillé dans le plus grand désordre, sous les coups de semonce de la brigade anti-émeute.

C'est à ce moment qu'elle l'a vu à la télé, planté au carrefour. Amaigri et plus vieux, certes, mais elle ne pouvait pas se tromper. Sa veste en tweed était dans un triste état. Elle aurait voulu rembobiner la scène ; les idées ont commencé à se télescoper dans sa tête.

— Robert est vivant, il est en Californie !

*

Fairfax, Virginie. Lundi 4 mai 1992

Trois jours après la supposée apparition de Robert à la télévision, Martha avait élaboré une stratégie. La première étape du plan consistait à se faire inviter chez son fils à cinq heures précises. Une fois sur place, elle a infligé à T. J. et sa famille un *tea time* tout particulièrement ennuyeux. Ralentissant à l'envi le rituel de l'infusion, elle mesurait chaque geste pour en décupler la lenteur tout en entretenant un monologue pré-Alzheimer d'une consternante banalité. Comme elle s'y attendait, les ados s'égaillèrent dans l'appartement au bout de deux minutes. Leurs parents attablés semblaient au supplice lorsque Martha se mit à ronfler sur sa chaise. Ils s'éclipsèrent sans faire de bruit. Hormis quelques râles étouffés en provenance de la chambre du bas et la musique à l'étage, l'appartement était devenu parfaitement silencieux. La voie était libre pour chiper les clés du break et le baise-en-ville de Thomas Junior. Ensuite, Martha reprit son paquet de scones sur la table et but une rasade de Lapsang Souchong impérial.

— Les enfants, j'ai une course à faire, j'emprunte le break.

— Maman, mais… ?

Le claquement de la porte d'entrée fut sa réponse.

Martha s'est installée derrière le volant crénelé recouvert de cuir. Elle a pris soin de régler le rétroviseur central (auquel elle a suspendu sa boule à thé) puis les latéraux, comme on lui a appris à l'auto-école, il y a longtemps. Il lui a fallu moins de quatre jours pour se procurer les cartes routières et les décrypter, il y en avait dix en tout (Virginie, Tennessee, Géorgie, Alabama, Mississippi, Louisiane, Texas, Nouveau-Mexique, Arizona, et enfin Californie) et au milieu un cahier à spirales où était consigné l'itinéraire. Elle a disposé le tout sur le tapis passager et rangé un sachet plein de feuilles de thé dans la boîte à gants. Ses verres chaussés, elle a considéré la carte de Virginie, T. J. en slip, agitant les bras dans le rétroviseur, et puis elle a mis le contact. A ses côtés, un deuxième sac rempli de soixante-dix scones trônait sur le fauteuil passager. Bloqué en seconde, le break s'est ébranlé mollement dans la circulation, dans un concert de protestations et de klaxons. Elle a cru ne jamais atteindre l'Interstate 66. Elle a fini par engager la troisième et s'est lancée sur la voie d'accélération.

UN SOIR EN FAMILLE CHEZ LES FELDSPATH

Herb s'était décidé à lâcher la console de jeux et venait de prendre place à table. Lucy avait insisté pour rester sur les genoux de sa mère pendant que Marv coupait le poulet rôti de chez Roscoe.

— Qui veut du blanc ? Lucy ?

Ensuite, il a tendu une cuisse rousse et juteuse à son fils et lui a frictionné les cheveux pour le faire marronner.

— P'pa arrête, t'es lourd.

Le commissaire Marvin Feldspath souriait. Depuis Rodney King, les repas en famille étaient devenus une peau de chagrin. Il s'apprêtait à vanner son grand garçon quand son visage s'est fermé. Déjà, le bipeur vibrait dans sa poche. Au début, il s'est dit que c'était pas ça. Mais il s'est vite fait une raison. Il a passé son holster lesté de son arme de service et son épais blouson de cuir noir. A table, même Lucy s'était tue.

— Des ados ont mis le feu à une Buick devant le centre commercial.

C'est tout ce qu'il a dit avant de claquer la porte.

CUISINE ÉQUIPÉE, NÉONS PENTECÔTISTES ET DIVERSES APPARITIONS NOCTURNES

Dans la nuit du samedi 9
au dimanche 10 mai

Ce soir-là, en poussant la porte de l'appartement, j'ai été frappé par une drôle d'impression, comme la sensation des objets qui vous dévisagent. J'ai jeté un rapide coup d'œil dans l'entrée et poursuivi par l'inventaire de la cuisine. Je ne me suis senti rassuré qu'après avoir vérifié le contenu de l'égouttoir à vaisselle, des tiroirs coulissants, de la poubelle en inox, entre autres.

(La climatisation est en panne, ou quoi ? Je vais entrouvrir une fenêtre, ça fera un courant d'air frais.)

Ce même soir, alors que les néons des pentecôtistes diffusaient sur Michigan Avenue une lumière crépusculaire, j'ai nettement distingué deux silhouettes penchées de part et d'autre de mon lit. Mes visiteurs nocturnes, le vieux au journal et l'amazone d'IBC. Je me suis tourné vers l'un puis l'autre. Les deux spectres me veillaient en silence. Chaque détail semblait figé dans l'éternité. Le tic-tac de la Movado, des bouloches par endroits sur la veste en tweed et une forte odeur de tabac Amsterdamer. A ma droite, le sifflement à peine audible de la soie et une eau de parfum Elizabeth Arden.

— Eh bien moi, je dors ! ai-je lâché.

Je deviens extrêmement déterminé avec l'âge.

FAIRFAX, JE RÊVE…

Je m'appelle Humbert Klumbert… Ce matin, je me suis réveillé au bord du matelas, pris dans les draps, les deux pieds calés entre les barreaux du lit.

Mes sommeils sont comme de longs comas, sans rêves… Sauf qu'hier soir, j'ai rêvé. Et je me souviens de tout. Précisément. J'étais vêtu d'une blouse blanche, avec un macaron brodé sur le devant. Aux pieds, des sabots protégés par des chaussons stériles bleus. J'avançais le long de Random Hills Road au nord-est de Fairfax. Une fois le Herrity Building dépassé, j'ai longé Fair Oaks Mall, en portant mon regard vers la façade vitrée du gouvernement fédéral de Virginie. Puis je me suis téléporté sur Main Street, du côté de la prison désaffectée (un vieux bloc de brique rouge). Je me suis engagé dans une allée gravillonnée (je sentais même de petits cailloux s'insinuer entre mes orteils). Au-delà du passage clouté, un vieil homme en blouse pointait le doigt en l'air. Au-dessus de mon crâne, à environ cinquante mètres de haut, un toit de hangar exagérément grand s'arrachait à sa structure porteuse. Le vieux bonhomme s'est détourné pour suivre la course d'un chien lisse (robe gris perle), il s'est mis en mouvement pour rattraper le lévrier rapide.

Il court, il court…

Un greyhound, il me semble.

KM 675

Comté de Sullivan, Tennessee. Mercredi 6 mai 1992

La route défilait depuis deux jours. Les cinq cents premiers kilomètres n'avaient pas posé de problème.

A la hauteur du comté de Sullivan, Tennessee, des corps flottants ont commencé à danser devant ses yeux, mais elle tenait bon. Elle a roulé jusqu'aux dernières lueurs du crépuscule. Le lendemain matin, Martha s'était autorisé une grasse matinée jusqu'à onze heures dans un motel bas de gamme. Au réceptionniste un peu étonné de voir une "dame de son âge" sur la route, elle avait parlé d'obsèques à Jefferson, pour couper court. Peut-être faisait-elle l'objet d'un avis de recherche, ou d'une plainte pour vol de voiture lancée par son propre fils.

KM 822

Loudon, Tennessee. Jeudi 7 mai 1992

Elle a rempli un thermos d'eau bouillante dans une station-service et discuté avec un couple de retraités en mobile home. Le pompiste était même aux petits soins avec elle. Il a gracieusement jeté un œil à la climatisation du break et passé un coup de raclette sur le pare-brise. Comme la lumière déclinait, elle s'est décidée à rester sur place. Sa première nuit dans la voiture, enroulée dans un plaid sur la banquette arrière, ne fut pas de tout repos. A son réveil, le mobile home était déjà parti et le parking désert. Il lui a fallu une demi-heure pour réchauffer l'habitacle, un demi-thermos de son thé et encore des scones pour repartir.

KM 925

Comté de Hamilton, Tennessee.Vendredi 8 mai 1992

Parfois elle piquait du nez et donnait le coup de volant providentiel pour se remettre dans la file de droite ou éviter une voiture. Des taches noires continuaient à hanter son champ visuel. Dans le comté de Hamilton, elle a fait une légère embardée.

KM 1074

Comté de Dade, Géorgie

Dans le comté de Dade, il s'en est fallu de peu qu'elle ne percute la remorque d'un poids lourd. Elle ne s'est arrêtée que trois fois pour faire le plein d'essence et d'eau bouillante.

KM 1107

Comté de Lauderdale, Alabama

Comme à l'habitude, elle a attendu les dernières lueurs du jour pour faire une halte. Avec les cinq cents dollars de Junior et son American Express, elle pouvait largement s'offrir une chambre dans le Best-Western de Fort Lauderdale. D'autant que la nuit passée lui avait infligé des courbatures carabinées.

KM 1612

Bossier, Alabama. Samedi 9 mai 1992

Bossier, Alabama, le caissier de la station-service s'est étonné de voir un véhicule immatriculé en Virginie.

— Vous venez de Loudon ?

— Je n'ai pas de temps à perdre, jeune homme, mon mari m'attend à Los Angeles.

Elle lui a planté le thermos sous le nez et réclamé de l'eau chaude.

“RIOT STORM”, UNE CAMPAGNE D’ENVERGURE

— Messieurs, nous traversons une crise inédite. Comme nous le savons tous, dehors, c’est la cocotte-minute. Et si nous ne prenons pas de sérieuses mesures, elle va nous péter à la gueule, d’un instant à l’autre !

On avait monté un pupitre de fortune pour le maire, dans la plus grande salle de briefing du Parker Center. Les premiers rangs étaient occupés par des officiels et des militaires. Derrière, certains policiers en tenue se faisaient passer les dernières chaises empilables, les retardataires s’asseyaient en tailleur dans les allées.

— Attendez-vous à des violences urbaines d’envergure et à des pillages. M. Smith, qui se tient à mes côtés, représente les fédéraux et nous assistera dans la coordination des opérations spéciales “Riot Storm”.

Il a tendu le micro à Smith qui a fait non de la tête et ajusté ses lunettes de soleil : le maire n’a pas insisté.

— … Hmm. Depuis Rodney King, nous bénéficions d’une relative accalmie. Selon nos sources, des bandes de Watts et de South Central préparent une vendetta d’en-ver-gure, je le répète. Ça va chier jusqu’à Orange et même dans les jardins des pavillons de Burbank… Merci de votre attention, et que Dieu bénisse Los Angeles.

Il a plié le flexible du micro vers le bas pour éluder les questions. De petits rires ont fusé des allées, lorsqu'il a glissé de l'estrade. Un agent fédéral en costume sombre et Ray-Ban est venu le relever, sous le regard catastrophé d'un attaché de presse de la ville de Los Angeles en chemise Versace.

UN AUTRE SOIR CHEZ LES FELDSPATH

— Gab, ça te dirait un ciné ou un resto cette semaine ? On laisserait les mômes à Juana.

— Parle plus fort, Flicum, j'entends rien d'ici !

Assise sur le rebord de la baignoire, elle se massait le haut des cuisses avec une crème veinotonique.

— Chhh ! Tu vas réveiller les gosses. Je disais qu'on pourrait sortir un peu, non ?

— Et tu débrancheras ton bipeur, parce que la dernière fois tu m'as plantée devant le Chinese Theater et j'ai dû prendre un taxi toute seule pour rentrer.

— Je sais, j'suis désolé. On verra… Hé, chou, prends-moi les somnifs dans l'armoire de la salle de bains.

Il avait entrepris de terminer tranquillement sa bière sur le canapé. Gabrielle a traversé le couloir de l'entrée. Quand il a tourné la tête, elle se tenait à contre-jour dans l'encadrement de la porte du salon, en débardeur et minishort. Il n'a pas eu le temps de poser sa Bud sur la table basse, qu'elle était déjà à califourchon sur lui. Elle a libéré ses seins en relevant le débardeur à moitié et s'est mise à onduler du bassin pour exciter Marv. Sa poitrine imposante mais ferme battait en cadence. Elle a écarté juste ce qu'il fallait du minishort et s'est empalée. Elle hennissait si fort que Marvin a débandé au bout de deux minutes.

— J'suis désolé, j'suis un peu naze en ce moment, tu sais…

— C'est pas grave, chou, c'était bien quand même.
Comme elle accusait des trémolos dans la voix, il lui a empoigné les fesses à pleines mains et gratifié la croupe d'une petite tape.

— Allez barre-toi, ou…

— … tu sors ta grosse matraque ?

Elle a ricané, lui riait plutôt jaune quand elle a disparu dans la chambre. Marv avait l'esprit entre ses jambes, où un invertébré usurpait sa queue. La déprime intégrale avec une femme aussi chaude et appétissante que Gab… Il a avalé deux Halcyon avec un fond de Budweiser.

ADAM SMOCKIN, POUR KWA

De l'autre côté du Santa Monica Freeway, la chaleur et les volutes du goudron chaud déforment la vision jusqu'à un mètre du sol. Un groupe d'illuminés converge vers Memorial Park. D'abord une vingtaine puis cinquante, cent, tous en sueur, collés à leur toge, certains même pieds nus, grimaçant ou coiffés d'un diadème, vociférant des avertissements, versets apocalyptiques et autres slogans anti-IVG. Ils ont commencé à encombrer l'entrée du War Memorial, puis ils se sont massés vers les grilles, empêchant totalement l'accès aux jardins. Quand les pancartes ont été déroulées, deux meneurs, un homme et une femme noirs en aube de satin orange, ont entonné "Non à la pornographie", "Pécheurs, craignez le Jugement dernier" et "Amérique, tes enfants sont corrompus". Le meneur a dévissé un jerrycan d'essence, avant de le vider consciencieusement sur un drapeau américain à mi-hampe. Encouragé par les clameurs, il y a mis le feu, qui s'est rapidement propagé aux buissons secs encadrés par les grilles. Des brigades de policiers casqués ont immédiatement surgi de part et d'autre de la 14e Rue. La première rangée a fait face, de l'autre côté du trottoir les litanies ont redoublé. Les flics ont mis un genou à terre, rabattu leur visière et porté leur fusil anti-émeute en joue. Le silence s'est fait, puis une pierre a jailli, touchant une recrue du deuxième rang…

A la radio, il est question d'un pompier blessé par balle, on dit également que les émeutiers pourraient gagner aussi bien Burbank, Brentwood qu'El Segundo ou même Bel-Air. Qui sait ? Trois adolescents de race blanche sortent d'un 24/24, chacun avec d'énormes cabas Mall of America, derrière eux, un vieil Indien répondant au nom de Joe traîne un carton éventré rempli de boîtes de Campbell Soup. Près de la façade, un vieil homme chasse les mouches avec un journal miteux et fait la morale aux jeunes gens. Il dit craindre les hommes en blanc.

Quoi qu'il arrive en Californie, les flashes spéciaux se terminent par une incontournable signature :

… ADAM SMOCKIN pour KWA !

KM 2168/3406

ON EST TOUJOURS SANS NOUVELLES DE MARTHA THOMAS

Dimanche 10 mai/mardi 12 mai 1992

Martha ne s'aventurait guère au-delà des 60 miles à l'heure. La route défilait depuis moins de dix jours et son bras gauche présentait des signes d'ankylose. Des filaments sombres ondulaient en permanence devant ses yeux et des images aussi. Elle n'aurait pu dire si elles étaient ou non le fruit de son imagination. Welcome to Caddo, Texas. Tours vitrées high-tech. Dallas. Welcome to New Mexico. Welcome to Maricopa, Arizona…

DE L'AVIS DU DOCTEUR LLOYD ET TÉMOIGNAGES A CHARGE

Dimanche 10 mai 1992
autour de midi

Audition auprès du L.A. District Attorney, des inspecteurs de proximité et détectives du LAPD, du dimanche 10 mai 1992. Tout le monde est sur les dents, on sue à grosses gouttes, les officiers de police retroussent leurs manches, fument, passent un doigt entre les lames des stores vénitiens. Et un ventilateur hélicoïdal de plafond brasse un air tiède et vicié. Le docteur Lloyd, psychanalyste du suspect Klumbert, déclare ce qui suit :

M. Klumbert suit une analyse depuis près de trois ans. Je le reçois tous les vendredis, à 6:30 p.m. A chaque séance, il lâche un mot – dans le meilleur des cas ! Il est impénétrable tous sujets confondus. Alors, j'ai glané des informations auprès de ses colocataires de la tour IBC (mon cabinet se trouve un peu plus haut dans les étages). Selon mes sources, notamment des confrères du corps médical, il présente des troubles de la personnalité avec tendances compulsives. Pour le personnel du dispensaire de Bay Street, c'est le champion toutes catégories des hypocondriaques. M. Klumbert est muré dans l'angoisse permanente des infections, des germes. A ce stade, il doit constamment désinfecter son domicile ou son poste de travail, se laver les mains près d'une centaine de fois par jour, refuser le serrage de main ou même l'accolade. Le docteur Away ne s'étonne plus de le voir, à heure fixe et à intervalles réguliers. Il lui prescrit des placebos inoffensifs en guise de traitements antibiotiques depuis près de deux ans et demi. Sans quoi sa flore intestinale n'aurait pas survécu. Mais il n'est pas exclu qu'il souffre aussi de dysfonctionnements alimentaires, par-dessus le marché. Le "cas" Klumbert est répertorié dans ce qu'on appelle les pathologies de l'anxiété. Il est taraudé par des pensées récurrentes qui sont apaisées par la réalisation d'activités rituelles (rangements incessants, maintien de la symétrie dans l'espace) et des procédures de vérification comme tourner la clé dans la porte plusieurs fois dans les deux sens. C'est un sujet d'une extrême cérébralité. Intellectuellement, quelqu'un de brillant. Vraiment. Un as du formatage, un contrôlé, un perfectionniste, que sais-je… (Vous pourriez ouvrir une fenêtre ? On étouffe ici !) Concepteur chevronné, m'a-t-on dit. Voyez la chaise sur laquelle vous êtes assis, inspecteur ! Passez le doigt sous l'assise, vous sentez la marque en relief HK. La chaise Klumbert, c'est lui ! Votre suspect est aussi millionnaire en dollars… Chacune de ses journées fonctionne sur un schéma identique. Du matin au soir. Trois cent soixante-cinq jours par an. Une répétition scrupuleuse. Une sorte de découpage rigide de l'existence. Ça ne pouvait pas durer. Tenez, j'ai photocopié cet extrait des *Essais de psychanalyse*. Vous allez mieux comprendre à qui vous avez affaire, regardez le paragraphe que j'ai entouré, Freud évoque la répétition chez l'enfant : "Chaque nouvelle répétition semble affermir cette maîtrise et, même lorsqu'il s'agit d'événements agréables, l'enfant ne se lasse pas de les répéter et de les reproduire, en s'acharnant à obtenir l'identité parfaite (…)." Klumbert, c'est juste un gosse de quarante ans, appliqué et hypersensible. Pas un criminel. Et quand bien même il serait mû par des pulsions sexuelles ou de violence envers autrui, il construirait un édifice rituel pour leur barrer la route. Lors de notre dernière entrevue, il présentait quelques hématomes au niveau du visage et semblait plus nerveux qu'à l'habitude. Il m'a aussi traité de "sale juif" à la fin de la séance, ça c'est très encourageant… Non, ne vous méprenez pas, je ne suis pas antisémite ! Mais soutirer deux mots supplémentaires à Klumbert en fin de séance, c'est un des grands succès de la psychanalyse contemporaine, aha, aha, aha ! (Il est le seul à rire.) Je vous le répète, je ne suis pas antisémite… ni juif d'ailleurs ! Où en étais-je, ah oui, Klumbert n'était pas dans son état normal. Des événements l'auront perturbé. Indiscutablement. Peut-être de petits incidents de parcours ou des "rencontres inédites". Il est passé du contrôle au chaos (notez ça dans la marge, après rencontres inédites…), son système s'est progressivement déréglé, générant une surenchère anxiogène. Cette angoisse accumulée a atteint son paroxysme, insupportable pour mon client… (rayez cela je vous prie !) insupportable pour mon patient ! Nous sommes dans un scénario d'aggravation, qui justifierait de renforcer le protocole thérapeutique autour de M. Klumbert et une médication (des anxiolytiques par exemple).

Si vous voulez en savoir plus, je vous conseille vivement la lecture de mon livre *Friend of Mind* paru chez Psy-fi. Cinquante-cinq dollars en édition de luxe, c'est donné.

C'est tout ce que j'ai à déclarer.

— Dites-moi, doc, je ne comprends pas trop. Vous êtes freudien ou lacanien ?

Un silence embarrassé a suivi la remarque du commissaire Feldspath. Certains officiers se sont lancé des regards incrédules, mais Lloyd ne s'est pas démonté.

— Lacanien, lacanien. J'ai pris un extrait de Freud parce qu'il est plus… "grand public". Bon… Klumbert n'a blessé personne, que je sache. (Pas eu le temps, dites-vous ?) Ma responsabilité s'arrête là. Pour le reste, et s'il y a lieu à d'autres moments de l'enquête, prenez contact avec mon avocat, maître Cummins. Voilà sa carte.

Fin de citation.

Un officier a attendu que Lloyd sorte de la salle de réunion pour le traiter de guignol.

UN TÉMOIGNAGE QUI TIENT LA ROUTE
Cafétéria *Bruno's*
Dimanche 10 mai 1992
2 p.m.

Un véhicule de patrouille s'est immobilisé devant l'entrée de *Bruno's*. Deux officiers de police sont venus recueillir le témoignage du chauffeur routier, qui prétend avoir été agressé par le suspect jeudi dernier.

— Vot' gars, là… Comment vous dites ? Clownbird… Oui oui, c'est ça : Kloom-burt. Un danger public. J'sortais d'la cafèt' d'Olympic… savez, *Bruno's*. J'allais reprend' la route quand y m'a sauté au visage. Il avait comme de l'écume autour de la bouche et des yeux déments. Un fou, quoi ! Moi, faut pas m'en promett', quand faut cogner, j'y cogne.

Mais y s'est carapaté, l'asticot. Pas eu l'temps de courir derrière, sinon c'est au Cedars Sinai que vous l'auriez r'trouvé, au bloc ! Sûr que si j'le r'vois, j'l'allonge. C'est comme j'vous dis, sheriff, y va entend' parler du pays !

Au fait, patron, il est recherché pourquoi, ce gus ?

LES GRUBERT DÉPOSENT
Locaux du LAPD, 5 p.m.

Monica Grubert, accompagnée de ses parents et de son petit ami Jesse, dépose une plainte au commissariat central de Santa Monica. La jeune fille de douze ans, élève de l'école élémentaire St Peter's, affirme être épiée par un individu bizarre. Régulièrement posté face à l'arrêt de bus scolaire situé au carrefour d'Olympic et de Michigan Avenue, l'homme d'une quarantaine d'années, de type caucasien, de taille moyenne, légèrement dégarni, se contente de la suivre du regard. Les inquiétudes de la famille semblent motivées. Malgré l'absence de caractère menaçant, il convient de dépêcher une patrouille sur place et d'effectuer un contrôle de routine.

Jesse a dit qu'il lui "casserait la tête à ce malade", fin de citation.

Les agents McHuen et Key-Leigh se rendront à St Peter's pour évaluer la situation.

*

Un attroupement occupe le milieu de la voie à l'angle de Colorado Avenue et de la 17e. Les gens portent des pancartes, des croix en papier kraft et entonnent des *"Laudate Dominum"* et des *"Jubilate Deo"*. Le convoi s'ébranle et atteint Pico Boulevard, avant d'être intercepté par une patrouille de police. Les manifestants se replient vers le Woodlawn Cemetery, côté trottoir. Le gardien patiente à l'entrée, dans un cabriolet Infinity au capot enfoncé. Après deux ou trois tentatives d'intimidation de part et d'autre, un sit-in occupant les deux tiers de la chaussée, à l'angle de l'école élémentaire, la manifestation s'est finalement dispersée sans incidents. Sur Main Street, quelques pillards, par groupes de cinq ou six, gravitent dans l'obscurité. La foule compacte devient incontrôlable. Les bandes rivalisent de provocations. Un cordon de policiers s'est étiré devant la façade de *Ben and Jerry's*, jusqu'au salon de coiffure *David Lynch*. Des femmes policiers sont prises à partie. L'une d'elles s'est fait arracher son insigne par des Mexicaines, l'autre, un pan d'uniforme laissant son épaule nue et la bretelle de son soutien-gorge visible. Un gros policier blanc a dû jouer de la matraque pour les ramener derrière le cordon. A l'intérieur du salon, un PC de crise s'est formé et l'on voit des lieutenants de police enjamber des officiers, eux-mêmes en contact radio avec le LAPD, attendant les ordres du PDC* et du COP**. En l'absence de directives, un lieutenant a appelé ses hommes à rester groupés, un autre disait de ne surtout pas relâcher son attention, un troisième enfin se place sous un casque chauffant couleur caramel, les yeux au ciel, il répète : "Shit, shit, shit !"

* *Police Deputy Chief.*

** *Chief of Police.*

RETOUR A L'ACTUALITÉ

Des illuminés en satin orange se sont retranchés sur Delaware Avenue. A présent, des jets de canettes de bière, de boîtes en fer-blanc et des sacs de papier kraft Pollo Loco visent les policiers anti-émeutes, imperturbables sous leur casque. Sous les tirs hétéroclites, certaines recrues tombent comme des quilles et se remettent mécaniquement d'aplomb. Une pluie orageuse vient accompagner les projectiles. Les manifestants se mettent à couvert sous l'auvent déchiqueté du B&B, mais ne désarment pas. Au contraire, les insultes redoublent d'intensité à mesure que des torrents d'eau chaude s'abattent sur le goudron. Sous le bruit continu de l'averse, un moine tente d'enflammer une pancarte institutionnelle, un autre bat le rappel, entre deux coups de téléphone cellulaire. Le cortège a considérablement grossi et la circulation est complètement déviée sur Delaware entre les segments 1601 et 1699. Dans les rangs de la police, la peur est palpable. Chacun sent l'imminence d'un accrochage.

BULLETIN DU DIMANCHE 10 MAI 1992

A l'heure où je vous parle, c'est toute la zone sud-est des Etats-Unis qui est touchée par l'effet Dillon. Vous aurez noté les récents dérèglements climatiques : vents violents, forts orages, chaleur accablante. Nous n'avions pas atteint un tel niveau de précipitations depuis 1972. Pour l'heure, nous subissons les effets connexes de ce phénomène naturel.

C'était ADAM SMOCKIN pour KWA.

MACABRE DÉCOUVERTE

— Qu'est-ce qu'on fout là, McHuen ? Ça refoule grave.

— Les gars de la voirie ont appelé. Accroche-toi, c'est du lourd !

L'officier asiatique essuie un peu de bile à la commissure de ses lèvres. Les jambes de la fille pendent de la benne à ordures. A travers le collant de couleur chair, on distingue des ecchymoses, des griffures et quelques traînées de sang coagulé. Le commissaire Feldspath se dresse sur ses pieds et, pressant un chiffon sur son nez, il se penche plus avant dans la benne. La fille doit avoir dans les seize ans, sa poitrine est nue et ne porte pas de marques de sévices. Le corps est enveloppé dans un linceul de plastique jaune. Au fond de la benne, une chaise déboîtée et

---

Un champ peut absorber des pressions atmosphériques distinctes, ces forces vont chercher à se rééquilibrer entre elles, générant un déplacement des masses d'air. En un mot, du vent. La montée des masses d'air génère les dépressions dans les zones de type tropical. La pression au sol chute, alors qu'en altitude, cette instabilité provoque la condensation de la vapeur d'eau, des nuages, c'est ce que l'on appelle une dépression tropicale. Après, cette perturbation peut monter en grade, on parle de tempête tropicale lorsque les flux tourbillonnaires dépassent 62 kilomètres-heure et, au-delà de 117 kilomètres-heure, c'est le fameux cyclone. Un phénomène naturel qui génère régulièrement de lourdes pertes humaines et matérielles.

le visage recouvert de pelures d'orange et de boîtes de lait. Avec sa Maglite, Marvin tente de dégager les détritus. Peine perdue. Au bout, la nuque s'arrête net et ce qu'il reste du crâne émet un bruit mou. Il se résout à abandonner sa lampe dans la poubelle. Il rote et ses tripes remontent d'un coup, sans prévenir. McHuen se fout un peu de sa gueule, mais il n'en mène pas large.

AVIS DE TORNADE, TABLE A PIQUE-NIQUE ET AUTRES DÉBRIS…

Lundi 11 mai 1992

Je m'appelle Humbert Klumbert, j'ai quarante ans. Aujourd'hui, en allumant la radio j'ai entendu un bulletin d'alerte au sujet des Etats suivants :

– Texas ;
– Californie ;
– Nouveau-Mexique.

Les consignes, toujours les mêmes (avec la faille de San Andreas et ses caprices sismiques, les émeutes, les incendies géants, on commence à les connaître).

Barrer les fenêtres avec des planches de bois, si possible massif mais à défaut un panneau de contreplaqué de 19 fait l'affaire. Stocker des réserves d'eau, de nourriture en conserve, de bougies, d'allumettes de sûreté. Assurer l'isolation des encadrements (fenêtres et portes) avec du scotch industriel beige (pas le choix pour la couleur, il n'y a que du beige). Laisser son poste de radio ouvert pour suivre les bulletins d'information en temps réel.

BULLETIN DU LUNDI 11 MAI 1992

Trois jours après la spectaculaire montée du mercure, les bulletins d'alerte de la sécurité civile sont toujours d'actualité. Après les violents orages qui se sont développés samedi au-dessus de la Californie et du Texas, un premier bilan fait état de nombreux dégâts. La traîne cyclonique a notamment dévasté les Etats du Colorado et du Kansas ce matin. Une vingtaine de tornades ont été signalées dans le Sud du pays. Dans la région de Twin Lakes, une femme a été tuée par la chute d'un arbre. En Géorgie, près de 100 000 foyers sont aujourd'hui privés d'électricité, 300 000 en Alabama. On n'avait pas vu ça depuis la fameuse canicule de soixante-douze. Les autorités craignent l'aggravation des conditions climatiques et – je cite – le développement d'orages et de tornades d'une violence jamais atteinte jusqu'alors. Le Sud-Est du pays reste bien évidemment en état d'alerte. Restez à l'écoute, nous vous tiendrons informés dans les prochaines heures.

ADAM SMOCKIN pour KWA.

Aujourd'hui je n'irai donc pas travailler. C'est fâcheux. Je vais suivre scrupuleusement les consignes du bulletin d'alerte. Il faut d'abord que je récupère le carton "catastrophe naturelle", rangé au-dessus de l'armoire du living, à côté d'un tas de paires de tennis dans leur boîte et des rouleaux de papier millimétré… Pour accéder au sommet du meuble, je suis obligé de me percher sur une malle en rotin (une réplique de la malle de Tors). J'ai tout mon temps. Avant de me mettre à l'œuvre, je passe dix minutes sur la banquette-lit à vérifier le contenu du carton. Dans un deuxième temps, je découpe de larges bandes de scotch de déménageur que je dispose sur la table basse. Ensuite, je fais le tour de l'appartement avec mes lanières de mousse et mon scotch pour calfeutrer les encadrements de portes et fenêtres et les bouches d'aération à clapet. La porte principale est blindée, je doute fort qu'elle flanche, par contre il reste les volets qui donnent sur le patio. Une fois sur le palier, je constate que la voisine m'a devancé. Sa façade est déjà barricadée de panneaux de multiplis. Les jours des fenêtres débordent de bandes d'adhésif orange et de sacs plastique posés à la va-vite.

— Madame Santa Maria, c'est M. Klumbert. Vous avez besoin d'aide ?

La voisine fait la morte. Peut-être est-elle tombée d'un escabeau en déplaçant un carton. Peut-être qu'elle gît au milieu d'une mare de sang coagulé, enroulée dans son peignoir bleu canard. Peut-être qu'un chien errant rogne les os de sa nuque fendue en deux.

— Madame Santa Maria, c'est Klumbert, répondez nom de Dieu !

Toujours pas de réponse. Je décide d'abandonner les travaux à ce stade, considérant les grilles en fer forgé sur les fenêtres. Je sais que mes nombreux inventaires ne suffiront pas à calmer mon anxiété. Je sors un flacon vert de ma poche et glisse une barrette entière de bromazépam sous ma langue. De retour à l'intérieur, je claque la porte et me prépare au pire.

Lundi 11 mai 1992
QUELQUE PART AU BORD D'UNE ROUTE
PRÈS DE RANDOM OAK

Le ciel vire au sombre, les nuages se chargent d'électricité statique, les rafales de vent s'amplifient. Mario l'Irlandais et sa famille digèrent au bord d'une route près de Random Oak. Des pliants, une table à pique-nique et un gros 4x4 font office de campement. Les enfants ont du Donut au chocolat plein les mains et les babines. Mario lit *Hot-Rod*, sa concubine fourrage dans la glacière.

— Hé, les frangins, pouvez pas manger proprement ?

— Papa, regarde !

Tommy, le plus jeune, montre du doigt, le Donut fondu tremblant dans l'autre main. Thomas, l'aîné, l'imite. On dirait deux singes qui suivent la trajectoire d'une comète. Leur mère, Marga, fait la gueule, pour changer. Elle s'abrutit d'une compil des Carpenters au fond du GMC, les pieds sur la glacière et la portière grande ouverte. Mario lève un sourcil incrédule, puis se replonge dans *Hot-Rod* (le numéro spécial été avec un poster central du camion des ZZ-TOP).

Il grommelle un peu.

— ... va pas bien les gosses... savent plus quoi inventer...

Le point noir grossit...

— Papa, atten... !

Thomas n'eut pas le temps de finir sa phrase. Un moignon d'aile de F-104 Starfighter, tout noir, pulvérise la table pliante et la toile cirée avec. Mario ne tient plus qu'un coin de page dégrafée de *Hot-Rod*.

— *High Wycombe !* Un *UFO**, un *UFO* !

Les jumeaux sont fascinés par le petit cratère, le triangle sombre fiché en son centre et la table à pique-nique désarticulée. Mario recale le pliant sous ses fesses. Il a besoin d'un bon quart d'heure pour réagir et décider de lever le camp. Il emballe le petit triangle fumant dans la toile cirée et planque le paquet à l'arrière du van. Ça empeste le plastique fondu mais personne n'ose relever. Marga n'a pas bougé. Elle n'a rien vu ni entendu et se plaint d'interférences dans le poste. Mario n'en a cure. Parce qu'au-delà de ses enfants, de sa régulière, de sa pipe à crack, des chromes, des oriflammes et des

* En anglais dans le texte (ovni).

prises d'air sur le capot de son GMC, Mario est un passionné d'UFOlogie. Alors quand un machin tout noir tombe du ciel…

Un quart d'heure plus tard, une vache s'écrasera sur la table à pique-nique abandonnée sur le bas-côté de la route, mais ça n'a aucune importance.

HERZOG A DISPARU

Ada Klumbert vient de terminer une assiette de haricots verts à la cafétéria de la clinique. Comme à l'habitude, elle achète *Die Künstler* à la librairie et le feuillette quelques minutes sur un banc. Cette semaine, elle se plonge dans un article d'une dizaine de pages intitulé “Rencontre avec Taddaeus Ropach : l'homme derrière le galeriste”. Vers quinze heures, elle remonte dans la chambre et s'inquiète de l'absence de Herzog. Les draps du lit sont défaits et la têtière est encadrée d'appareils qu'elle n'a jamais vus auparavant.

— Mademoiselle, mon mari était dans la 102. Herzog, Herzog Klumbert.

— Pas vu. Martina, z'avez vu m'sieu Klimber ?

La grosse rousse qui pousse le chariot des analyses fait signe que non. A l'atrium du service cardiologie personne n'a rien vu non plus. On sait juste que M. Klembert a passé ses examens en cardio dans l'après-midi, comme d'habitude, et puis plus rien.

— Allez voir en réa, prenez l'ascenseur au fond du couloir et deuxième étage gauche. Gerd va vous accompagner. Geeeeeeeeeeeerd ! Amène la dame en réa.

Au deuxième étage, Gerd est pris de vitesse. Ada rejoue la scène d'*Alphaville* où Lemmy Caution ouvre des portes dans un grand couloir.

— Oh pardon !

Dans la 213, la vision d'une infirmière logeant le pénis d'un vieillard dans un pistolet urinaire refroidit un peu l'entrain d'Ada.

— Venez.

Gerd l'a ramenée en arrière par le bras et propose d'aller voir aux soins palliatifs et ensuite dans le grand hall des admissions.

— Il se sera sans doute égaré, il ne doit pas être bien loin.

Quand ils parlent du cinquième étage, les internes disent entre eux "le mouroir". A mesure qu'Ada découvre le contenu des chambres, son visage perd de ses couleurs Elle est en train de feuilleter le grand catalogue des souffrances. Ici un grand brûlé pommadé sous une tente atmosphérique, là un polytraumatisé criblé de perfusions. Tous incurables. Ada n'est pas près d'oublier ces visages que la vie est en train de quitter, leur peau diaphane, leurs bras comme de fines pattes d'araignée et ces poitrines qui se soulèvent grâce à des appareils sophistiqués. Elle rassemble le peu de voix qu'il lui reste et interroge une infirmière plongée dans son registre.

— Mademoiselle, s'il vous plaît, mon mari est en cardio, le service du professeur Gombrich. Herzog Klumbert.

— Attendez, je jette un œil… Klum… Bert… Non, non. Essayez peut-être au bloc.

Là, c'est Gerd qui a blêmi.

— Les visiteurs peuvent pas aller au bloc, vous savez.

— Je tiendrai le coup, Gerd. Montrez-moi le chemin.

Il la conduit au travers d'un sas et lui fait enfiler une blouse, un bonnet et des chaussons stériles bleu clair.

— J'ai un garçon qui doit avoir votre âge.

Elle a dit cela machinalement, pour se donner du courage. Les brancards entrent et sortent. Parfois il y a du sang sur les champs stériles bleu clair et même des plaintes…

BULLETIN
DU MARDI 12 MAI 1992

Lundi, après la formation d'une tornade géante, les sauveteurs ont quadrillé la région du parc naturel de Random Oak. Le bilan humain et matériel est extrêmement lourd. On parle de plus de 200 victimes et de près d'un millier de blessés. Il ne reste que des vestiges du camping de Twin Lakes. Sur place, le travail des secouristes a déjà commencé. Des autocars de tourisme ont été réquisitionnés pour dispenser les premiers secours, une chapelle ardente a été dressée dans l'ancien gymnase Saint-Robin. Les recherches se poursuivent simultanément dans le plan d'eau proche du camping ; une cinquantaine de pêcheurs et d'estivants sont toujours portés disparus. Le porte-parole de la police a laissé entendre que le bilan serait très très lourd, il appelle les locaux au sens civique et à la solidarité. L'identification des victimes est laborieuse, parmi elles, de nombreux campeurs surpris par la tempête. Les plus chanceux ont rejoint des abris en dur, d'autres se sont enfermés dans leurs voitures. Vingt-huit minutes plus tard, la tornade, de type IV selon la NOAA, balayait un périmètre de 900 mètres avec des vents avoisinant les 400 kilomètres-heure et projetait une dizaine de véhicules et de caravanes dans le lac. La National Oceanic and Atmospheric Administration avait alerté des risques de vents violents en fin de matinée, mais c'est seulement lorsque la tornade a sévi que le bulletin d'alerte a été diffusé. La dernière tornade de ce gabarit remonte à janvier 1966, dans le secteur de Parkinsonville. C'était une type III avec des vents ne dépassant pas les 300 kilomètres-heure. A l'époque, il y eut plus de 27 morts, 300 blessés et près de 330 millions de dollars de dégâts.

ADAM SMOCKIN pour KWA.

FLIC AU BORD DE LA CRISE DE NERFS

Quand il a poussé la porte de son domicile, il était déjà neuf heures passées. Les enfants étaient encore à table. Gabrielle s'essuyait les mains dans son tablier à carreaux. Dans sa chaise haute, Lucy projetait des carrés de jambon sur Herb, lui-même planté devant sa console de jeux. Marvin Feldspath a déposé son holster en silence, sur la patère de l'entrée. Sa chemise accusait des auréoles sombres au niveau des aisselles.

— Papa ! a gazouillé la petite.

— Ils voulaient pas se coucher avant que t'arrives !

Elle essuyait le menton de Lucy en même temps avec un coin de son tablier.

— Marvin…

— Attends… Attends…, souffla-t-il avant de se poser en travers du canapé.

Il a frotté son visage avec ses deux mains, comme s'il allait pleurer, et puis il a repris un peu d'assurance.

— Herb, va me chercher une Bud dans l'frigo.

— Mais p'pa…

Il montrait du doigt son score sur l'écran.

— Fais ce que te demande ton père, et après, au lit !

Depuis le début des émeutes, Gabrielle avait vu son mari rassir à vue d'œil. Chaque soir, il passait la porte de plus en plus imprégné d'affaires criminelles et d'une odeur tenace de transpiration et de pneu brûlé. Elle a contemplé son corps en travers du sofa et elle a pensé à un chêne abattu. Il a recouvert son visage d'un coussin, ses biceps et ses veines battent fort encore sous les manches de sa chemise. Ce qu'il dégage la rassure, elle le craint un peu aussi. Elle a débranché la console et joué de la télécommande jusqu'à une rediffusion de *Dallas* qu'elle a laissée en sourdine – surtout pas les infos ! D'un trait, Marvin a fait passer deux Halcyon avec sa bière, il a tété une Winston et s'est endormi dans le salon…

AARON TUBIANA
ET AUTRES CAUCHEMARS

Dans la vilaine nuit
du lundi 11 au mardi 12 mai 1992

Je me suis glissé dans le drap de lin et j'ai chassé le boutis, rendu insupportable par la chaleur.

— Clic !

A tâtons, j'ai cherché le poste de radio, désormais au pied du lit, sur ma droite.

Je m'appelle Humbert Klumbert. Mon poste de radio de marque Klervox se présente sous la forme d'un bloc compact rectangulaire avec mange-cassette et tuner radio-TV. Il dispose d'un petit écran noir et blanc sur la gauche et d'une antenne amovible. Ce sont le plus souvent des images neigeuses. Je ne l'utilise guère que pour écouter la radio. A cause des "événements", je ne m'endors plus sans elle.

*

La bruine a finalement cédé la place à une grêle insistante. De gros nuages gris puis noirs moutonnent, au loin, vers Burbank, et commencent à s'éclairer. Quelques secondes après les lumières, les premiers grondements roulent, d'abord sourds puis clairs comme des détonations. L'atmosphère est chargée d'une électricité presque solide. La police procède aux premières arrestations dans le secteur de Bicknell Avenue. Cinq jeunes hommes blancs en treillis, agitant le drapeau d'un groupuscule paramilitaire d'extrême droite, jetaient des bouteilles de Land's Fire sur les policiers casqués. La charge est brève, violente et d'une extrême efficacité. On ne saurait dire d'où est venu l'ordre, peut-être n'y en a-t-il pas eu. Lorsque la troisième bouteille s'est brisée au sol, une onde a secoué la première rangée de flics. Ils sont une bonne quinzaine à se rabattre en tenailles sur le petit groupe de provocateurs. Lorsque la pince se referme, ça fait le bruit de vingt-cinq quarterbacks des New England Patriots. Le cinquième homme, qui tentait d'échapper au pack, se fait aplatir par un énorme policier, lui-même porté par un bond prodigieux de trois mètres. Instantanément la foule ondule, des émeutiers s'en prennent au guichet du Mac-Mahon's Theater. Des manifestants cassent les vitres, arrachent les affiches de *The Nurse* de Nello Rossatti et les photos d'Ursula Andress dans le hall. Un homme éméché apparaît, un siège de cinéma dans les bras. Maintenant, des banquettes de moleskine viennent s'écraser sur le trottoir, avant que quelqu'un se décide à y mettre le feu. Une fumée âcre commence à se dégager du brasier et l'on entend déjà la sirène deux-tons du camion rouge du LAPD.

"On s'demande jusqu'où tout ça va aller !" lance un flic à voix haute.

A l'angle d'Euclid Street et de Michigan Avenue, on peut distinguer une colonne noire derrière le mât de l'église pentecôtiste. La façade d'un magasin de disques et le salon de coiffure *Christophe's* sont en train de partir en fumée. Quelques numéros plus loin, un sexagénaire arrose la carcasse fumante de ce qui fut une Volvo break.

Par une rue latérale, près de l'école élémentaire, les alignements de pavillons middle-class semblent à l'écart du tumulte. A une exception près. Un clochard, chauve et massif, soliloque en naviguant du trottoir aux parcelles de gazon rectangulaires.

"Gethsémani, Gethsémani ! Saint, saint, saint est l'Eternel des armées ! Toute la terre est pleine de sa gloire… Tu sièges au milieu des louanges d'Israël… La Terre et le Haut ajustent leurs spirales !"

*

Les dernières infos cèdent la place au folk lénifiant et à la tessiture doucereuse de Harvey Brosciola dans *Kwa Night*…

— Maman !

Je m'appelle Humbert Klumbert… Dans mon rêve, un clochard encapuchonné vendait des guillotines miniature à l'angle de Pico Boulevard. Quand je suis arrivé à sa hauteur, sa tête a roulé dans le caniveau. Je n'aime pas me réveiller en sursaut, ce matin, c'est le cas.

Harvey Brosciola s'est tu. Dehors, rien ne bouge. Les feuilles ont cessé de bruire, les voitures ne démarrent plus, le soleil ne s'invite pas entre les stores. C'est peut-être un mauvais rêve. Je vais fermer les yeux et compter jusqu'à trois.

Un…

Deux…

Trois…

Il fait si noir que je ne sais pas si mes paupières sont ouvertes. J'ai la sensation d'être prisonnier d'un rêve. Aucun son ne sort de ma bouche. Je veux me débattre mais mon corps trop engourdi ne répond pas. Un claquement de doigts, tout au plus, et en réponse un silence de… mort ! Oh, je n'aurais pas dû formuler ce mot dans ma tête. C'est comme si quelqu'un venait de le prononcer à voix haute et revenait me le susurrer dans l'oreille jusqu'à ce que je devienne cinglé.

3:39 a.m. Pas une branche ne remue. Je crains d'ouvrir le poste et de n'entendre que des fréquences mortes. Je n'allumerai pas de lampe, le plafonnier non plus. De peur qu'ils ne me lâchent eux aussi. Au bout d'une éternité, ma main dégourdie tâtonne et trouve. L'interrupteur.

— Clic !

Rien ne se produit. A vrai dire, je ne sais plus trop où j'en suis. Demain, il fera jour. J'attendrai. En espérant qu'il vienne vite.

3:40 a.m. Je me demande si le psaume XC conserve son efficacité s'il est dit dans le noir complet…

QUAND JE ME TIENS SOUS L'ABRI DU TRÈS-HAUT
ET REPOSE A L'OMBRE DU PUISSANT
JE DIS AU SEIGNEUR : MON REFUGE, MON REMPART
MON DIEU, DONT JE SUIS SÛR !
C'EST LUI QUI TE SAUVE DES FILETS DU CHASSEUR
ET DE LA PESTE MALÉFIQUE
IL TE COUVRE ET TE PROTÈGE
TU TROUVES SOUS SON AILE UN REFUGE
SA FIDÉLITÉ EST UNE ARMURE, UN BOUCLIER
TU NE CRAINDRAS NI LES TERREURS DE LA NUIT
NI LA FLÈCHE QUI VOLE AU GRAND JOUR
NI LA PESTE QUI RÔDE DANS LE NOIR

NI LE FLÉAU QUI FRAPPE A MIDI
QU'IL EN TOMBE MILLE A TES CÔTÉS
QU'IL EN TOMBE DIX MILLE A TA DROITE
TOI, TU RESTES HORS D'ATTEINTE
IL SUFFIT QUE TU OUVRES LES YEUX
TU VERRAS LE SALAIRE DU MÉCHANT
OUI, LE SEIGNEUR EST TON REFUGE
TU AS FAIT DU TRÈS-HAUT TA FORTERESSE
LE MALHEUR NE POURRA TE TOUCHER
NI LE DANGER APPROCHER TA DEMEURE
IL DONNE MISSION A SES ANGES
DE TE GARDER SUR TOUS TES CHEMINS
ILS TE PORTERONT SUR LEURS MAINS
POUR QUE TON PIED NE HEURTE LES PIERRES
TU MARCHERAS SUR LA VIPÈRE ET LE SCORPION
TU ÉCRASERAS LE LION ET LE DRAGON
PUISQU'IL S'ATTACHE A MOI, JE LE DÉLIVRE
JE LE DÉFENDS CAR IL CONNAÎT MON NOM, IL M'APPELLE
ET MOI JE LUI RÉPONDS
JE SUIS AVEC LUI DANS SON ÉPREUVE
JE VEUX LE LIBÉRER, LE GLORIFIER DE LONGS JOURS,
JE VEUX LE RASSASIER ET JE FERAI QU'IL VOIE MON SALUT

3:43 a.m., le son de ma voix ne me rassure pas le moins du monde. On dirait le murmure d'un petit enfant veule. Je lutte pour ne pas me rendormir. Peine perdue.

6:14 a.m.

— Clic ! Clic ! Clic !

J'ai sauté sur tous les interrupteurs de la maison. De la chambre à la salle de bains, en passant par l'entrée et finalement le living. En bousculant le placard, un battant s'est ouvert et la boîte du téléphone est tombée. Je l'ai vite déballé et, assis par terre en tailleur, j'ai appelé Valentina en me caressant déjà de la main gauche, à travers le pantalon de survêtement. Après une tonalité longue : *"Il numero richiesto non è più valido."* Je ne me suis pas donné la peine de raccrocher le combiné, le carton béant et ses reliefs (notice, bullpack et polystyrène) resteront sur le tapis.

— *Schieße !*

La main gauche fourrée dans le slip, je presse à la base du prépuce pour ne pas me répandre dans le living-room. Et c'est finalement sur l'évier que je me libère en bramant. Je retourne dans la chambre, un drap de bain noué autour de la taille. A la radio on parle d'une manifestation pacifique spontanée. Devant le parking de l'église New Life Pentecotist Church, des centaines de gens, blancs, noirs, asiatiques et latinos, se sont rassemblés en chaîne humaine pour saluer la fin des événements. A l'intérieur, la salle paroissiale pleine à craquer déverse des fidèles jusque dans la petite chapelle en sous-sol. Un service improvisé a lieu. Le pasteur Wyatt n'a pas fermé l'œil de la nuit. Après une ligne de coke reniflée à la hâte dans la sacristie, il retourne faire le show, sans prendre la précaution de ranger dans le tabernacle la petite timbale d'argent rayé. Exceptionnellement vêtu d'un jean et d'une chemise à carreaux, il escalade l'autel et se juche sur une chaise empilable pour s'adresser à la foule.

"Entrez dans ses portes avec des louanges, dans ses parvis avec des cantiques !"

Malgré l'épuisement, le pasteur, habité par la coke, jette en pâture à ses ouailles un credo d'une spectaculaire éloquence.

"Nous croyons dans le mystère de la naissance de Jésus-Christ, en sa mort expiatoire, dans sa résurrection des morts et dans sa flamboyante ascension au ciel.

Nous cheminons vers la sainteté par l'épreuve, où le chrétien se distinguera en s'écartant des perversités du siècle.

Nous croyons dans la démonstration de la puissance pérenne de Dieu.

Nous croyons dans l'appel ministériel d'un chrétien, élu par Jésus le Christ dans le but de guider le peuple en déroute.

Nous croyons au jour du Jugement, au ciel, pour recevoir la récompense pour leurs œuvres accomplies sur la terre.

Nous croyons dans la deuxième venue de Jésus le Christ, tout d'abord pour enlever l'Eglise du monde, avant la Grande Tribulation, et avec l'Eglise glorifiée, pour détruire l'empire de l'Antéchrist, pour le salut d'Israël.

Nous croyons dans le dernier Jugement, qui condamnera les infidèles et mettra fin à la dispensation physique de l'être humain sur la face de la terre."

La retransmission du sermon et les premières lueurs du jour m'ont rasséréné, mais je tremble encore de cette vilaine nuit.

... (on étouffe)

CHAPITRE AVANT-DERNIER
(UN SOMMET D'ANGOISSE)

Mercredi 13 mai 1992

Je m'appelle Humbert Klumbert, j'ai quarante ans depuis vendredi, des cheveux poivre et sel très courts, un peu dégarnis sur le dessus… Tout va de travers, je ne sais même pas l'heure qu'il est, ni la date. Je me suis réveillé en sursaut, et du pied gauche pardessus le marché ! Je renverse la table de chevet, le tiroir s'éjecte et crache un livre sur la poésie du XXe siècle. Il s'ouvre à la page de Yeats et je lis à haute voix la première strophe du second avènement.

Tournant, tournant dans le tourbillon
Le faucon n'entend plus le fauconnier
Tout se disloque ; le centre ne peut plus rien contenir
L'anarchie est lâchée sur le monde
La marée, rouge de sang, se délie, et partout
La cérémonie de l'innocence se noie
Les meilleurs manquent de conviction, tandis que
Les pires sont pleins d'une exaltation passionnée.

Il n'est pas très tard, mais il fait déjà chaud. La lumière du jour me semble étrangement faible. Le plafonnier grésille et meurt définitivement. C'est un présage. Je rassemble mon courage et, à tâtons, j'écarte une lame de store. Il y a un camion garé devant la fenêtre, le Kenworth du routier que j'ai lapidé chez Bruno. Clope au bec, il s'agite derrière le volant et jette des regards vengeurs dans ma direction en caressant un démonte-pneu. Je crois qu'il ne m'a pas vu. Sa maudite citerne et les panneaux que j'avais installés pour protéger les fenêtres cachent le soleil.

— Sors de là, l'intello, j'sais qu't'es là ! J'vais t'apprendre les bonnes manières !

Par précaution, j'emprunte le passage des livraisons qui débouche en contrebas du Santa Monica Freeway. Les ennuis commencent devant *St Peter's* : pas de blondinette à l'arrêt de bus. Chez Bruno, Dawn maintient que la margarine Klesp n'a jamais existé. Dans le hall d'IBC, j'apprends que le coordinateur-agenceur a fait déménager mon box. Une pyramide de cartons m'attend devant l'accueil et la table à dessin est repliée contre le comptoir. Incident de saisie informatique, me dit-on. Votre référence de location aurait disparu de notre base de données. L'hôtesse semble très embarrassée et m'assure que mes affaires vont être réinstallées au plus vite. Il ne fait aucun doute qu'il s'agit d'un acte délibéré. Sans doute le coordinateur, éconduit dans son désir d'être empalé sur une chaise Klumbert. Je fourre quelques accessoires dans ma sacoche et dans mes poches, on me tend un téléphone. Cet incapable de Frank Lloyd est sur répondeur…

— De l'air !

9:30 a.m. Un taxi dépose un client devant le hall. Je saisis l'occasion et m'engouffre par la portière. "La Jolla !" j'ai dit. Dans l'habitacle, ça sent le skaï tiède et la Peter Stuyvesant. Quelques barrages de police, de petits groupes de fauteurs de troubles et des véhicules incendiés ralentissent la course. Nous empruntons l'Interstate 5 sur quarante kilomètres Jusqu'au panneau La Jolla Village Dr. La circulation est fluide et le ronron du moteur vaguement couvert par des ballades folks. Je crois même que je vais m'assoupir quelques instants. Quand j'ouvre les yeux, le taxi prend la route de Torrey Pines, celle qui longe le Country Club. A la radio, il est encore question de canicule et d'émeutes. J'aperçois maintenant le panneau ALAMEDA/AIRPORT/SAN JOSE. 11:08 a.m. Cent soixante-dix-sept mètres plus loin nous arrivons à La Jolla. "Stop !" Le chauffeur donne un brusque coup de patin. Et je sens bien à son œil mauvais dans le rétro qu'il n'apprécie guère. Pourtant, il ne bronche pas. Je m'allège de quelques billets pour la course, une vraie liasse. La Jolla, ce n'est vraiment pas la porte à côté. Une heure vingt-cinq de route. Au bas mot. La portière claquée, je chancelle un peu. Le trajet m'a retourné l'estomac et je subis quelques symptômes orthostatiques (souffle court, palpitations, troubles de la vision). Je profite d'une banquette cimentée pour m'asseoir. En face, c'est la mer et surtout un complexe parmi les plus réussis des cinquante dernières années. L'institut Salk se présente sous la forme de deux bâtiments symétriques arbitrés par une rigole d'eau tendue vers l'océan Pacifique. C'est l'œuvre de Louis Kahn, le Louis Kahn de la tour Richards, de la Galerie d'art de Yale. En 1971, je me souviens qu'on nous a projeté un film sur une masterclass donnée par Kahn à l'université de Philadelphie. Je n'ai pas oublié ça. Maintenant, je passe de nombreuses minutes à détailler chaque panneau de teck, chaque lame de brise-soleil, chaque inscription comme ce "Theodore Gildred Court" gravé sur la tranche de l'esplanade en pierre. Je mets quelques minutes à rejoindre la route de Torrey Pines. Je longe la voie, entre les poteaux et la vieille usine Western Electrics. Les véhicules sont rares. Je les sens arriver de loin. Leur courant d'air me dégage presque sur le bas-côté. Decrescendo typique des bords de route que je supporterai jusqu'au prochain arrêt de bus. Mes palpitations reprennent et l'odeur de carburant me donne la nausée. Main gauche en visière, je fixe un poteau de la ligne des autobus Bellway. Un manche couvert de stickers. “Dump Bush Now !” proclament les plus lisibles. Un bus arrive, comme un fait exprès. Le chauffeur ne fait aucun commentaire quand je monte et file sur la banquette du fond en prenant appui sur les dossiers pour avancer. Je ne paierai pas, j’abhorre la notion de “transport en commun”. De rares passagers me dévisagent. Je dois avoir l’air un peu exalté. Retour à Santa Monica. A l’arrière du bus, skaï bleu, entaillé par endroits. Les tiges d’inox sur la cloison. Le cendrier en métal sur le siège avant. J’ouvre et referme son couvercle pour tromper mon ennui et le défilé ininterrompu des potences en bord de route… A travers la vitre, il me semble reconnaître la femme d’IBC. Sûrement une autre. Que ferait-elle entre La Jolla et L.A. ? Le même regard, la même expression de défiance. Elle, ou qui que ce soit d’autre, me fiche la chair de poule.

(un bon orage ne ferait pas de mal)

LE RÉDEMPTEUR D’OCEAN AVENUE

Sur la banquette arrière, Massimo défait sa ceinture de sécurité. Il sort de sa poche un rouleau de billets verts élastiqués et le tend au chauffeur avec affectation. Pour ce dernier, il n’est évidemment pas question de recompter.

— *Tutto é pagato**.

La Pontiac Catalina s’affichait dans le rétroviseur de Gonzales depuis une bonne vingtaine de minutes. Massimo ouvre l’étui à guitare qu’il gardait sur les genoux. Il effleure la crosse de son Texas R-Shot 477 et fait signe de dépasser la Porsche.

* “Tout est payé.”

— *Ecce l'uomo ! Piano, Matteo, piano.*

La Pontiac pile pour immobiliser la Porsche. Massimo ouvre calmement la portière arrière gauche et pointe le gun sur le capot.

— Mais… Quoi ?

Une première salve éclate le pneu avant gauche.

— *Cosa ?* Tu as été méchant avec un de nos amis, pas vrai, Matteo ?

— *Vero !*

Massimo lance l'arme à un grand brun frisé en complet bon marché.

— *Suona, suona per noi**, *Matteo !*

Le grand brun libère une rafale et fait voler le pare-brise en éclats, Gonzales a juste le temps de sauter sous le tableau de bord, sous une pluie de verre sécurit.

— *Basta così, osserva !*

Massimo récupère le fusil d'une main et le vide dans le pneu avant droit qui s'affaisse.

— *Ecco, Matteo.* Je le tiens en joue, *suona, suona per noi.*

Matteo tire Gonzales par le col, l'assoit sur le capot et se lance, sans états d'âme, dans une série de gifles molles. A chaque volée, Massimo serine.

— Si tu manques de respect à un ami, tu me manques aussi de respect à moi. *Capito ?*

— Oui, mon…

Une baffe l'interrompt.

— *Ahh, ma, aspetta, Matteo, mi parla, aspetta !*

— Oui, monsieur…

*

Après trois heures de route, le bus est tenu de s'arrêter plus bas que prévu, vers Ocean Avenue, les

* "Joue pour nous."

pillages se multiplient. Des bandes du quartier de Watts, des Latinos aussi. Près d'une Porsche 911 vandalisée, un homme en costume bordeaux détonne. Je reconnais Cosmo et son homme de main, il tient Gonzales par le col de sa chemise hawaïenne et lui donne des gifles par intermittence. Cosmo opine du chef. Je lui renvoie son salut en portant deux doigts sur ma tempe droite. Dans un concert de sirènes d'alarme, je traverse une foule querelleuse qui se déverse à l'intérieur de *Scottie's*. Les plus avinés grimpent déjà sur les caisses. Un type, debout sur le check-out, brandit trois packs de bière et une bouteille de Monterey, comme un trophée. Je presse le pas vers Michigan Avenue.

PICO, BUNDY
MARTHA, SCONES ET FIN

Mercredi 13 mai 1992

KM 4481

Quelque part entre l'Arizona et la Californie

Après avoir emprunté une mauvaise sortie, Martha s'égare dans une friche industrielle, constellée de cabanes de chantier à l'abandon. Il lui faut vingt minutes pour récupérer la route en sens inverse *via* l'Interstate 17 en direction de L.A.

Martha pique du nez sur le tableau de bord et le break se met à tanguer pendant plusieurs kilomètres. Elle sursaute au son de la sirène. Un motard de la California Highway Patrol lui fait signe de se rabattre sur le bas-côté. Elle obtempère, s'imaginant déjà menottée et inculpée de vol de véhicule, de papiers, de carte de crédit, ou de conduite dangereuse. L'idée d'échouer si près du but la glace.

— Papiers du véhicule, s'il vous plaît, madame. Vous êtes sûre que vous êtes en état de rouler ?

— Oui, j'ai eu un étourdissement, mais ça va mieux maintenant. C'est que je ne suis plus toute jeune, voyez-vous.

— Vous venez de Virginie ?

— J'étais d'obsèques… en Arizona, la voiture est à mon fils.

— Vous avez de la famille là-bas ?

— Euh… A Maricopa, oui.

— Maricopa, tiens donc, ma femme est de là-bas et…

Avant qu'il ait pu en placer une, elle brandit les papiers du break.

— Et voilà aussi mon permis de conduire. (Elle force un ricanement pour faire diversion.) Il est un peu défraîchi !

— Tout est en règle. Sauf votre respect, vous devriez dormir un peu, madame. Il y a une aire de repos, après l'embranchement de l'Interstate 10.

— Vous avez raison.

Elle attend que le motard s'éloigne et poursuit sa route, comme si de rien n'était.

KM 5147
Los Angeles, Californie

Elle porte une jupe à fleurs bleues doublée et une veste-chemise en lin.

Une imperfection du bitume donne du jeu dans la direction. La voiture marque un écart. La secousse ouvre la boîte à gants. Un petit sac de kraft rempli de scones se déverse sur le fauteuil passager jusque sur le tapis de sol. Il y en a partout. Martha se penche sur le côté pour claquer le rabat. Tout cela sans lâcher le volant. De la main gauche elle rassemble les pâtisseries. 45 mph au compteur. Elle agit par réflexe. Une corne de brume la rappelle à l'ordre. Lorsqu'elle relève son buste retenu par la ceinture, elle voit le camion-citerne. Elle se cramponne au volant, la tête en avant, comme déterminée à traverser l'obstacle. Exxon.

*

Au croisement de Pico Boulevard et de Bundy Drive, la conductrice d'un break Ford Taurus Sel Wagon bleu métallisé perd le contrôle. Lancé à vive allure, le véhicule percute de plein fouet le camion-citerne d'un chauffeur routier de la société Exxon. Ce dernier a juste le temps de sauter de la cabine par le côté gauche. Il se fracture deux côtes et souffre de multiples contusions, et un gros hématome enfle les ailes de son nez. Selon les témoins directs, je cite : "Le routier est mauve et furieux !" Au sol, il rampe pour s'éloigner de la remorque. Le capot du break prend feu. Les flammes commencent à lécher la citerne en inox. Il y a des "Oooohh !" parmi les curieux. Dans l'habitacle en flammes, on distingue clairement par la fenêtre avant gauche le buste ceinturé de la conductrice. Penchée en avant, la tête embrasée remue derrière le pare-brise. L'odeur de viande grillée est insupportable. Et puis il y a un souffle chaud, comme un immense appel d'air. "Aaaahhh !" ponctue la chorale des badauds, comme au feu d'artifice. La foule se fait dense. Le camion se soulève, les roues tournent dans le vide. L'explosion pulvérise l'attelage. De gros morceaux d'inox et de carrosserie retombent en pluie lente sur les spectateurs. Une fumée lourde commence à noircir Pico à hauteur du numéro 1775 jusqu'au salon de coiffure *Christophe's*. Plus loin encore, à cinquante mètres, un pneu brûle.

On était sans nouvelles de Martha Eve Thomas née Fishburn depuis une dizaine de jours. Cette retraitée sans histoire était l'épouse de Robert H. Thomas disparu mystérieusement quatorze ans plus tôt dans l'effondrement d'un entrepôt de la GSA de Fairfax.

ORAGE FINAL

Mercredi 13 mai 1992 vers 9:30 p.m.

A l'intersection de Virginia Avenue et de la 22e, d'épais nuages assombrissent la devanture de la concession *American Cars*. A l'intérieur de l'enclos grillagé, trois camions Dodge et une berline Chevrolet sont ravagés par les flammes. Trois camions de pompiers tentent d'enrayer leur propagation mais le vent complique tout. L'incendie menace à présent le reste du parking, soit quatre-vingts véhicules garés en plein air et l'atelier de carrosserie, où sont stockés des litres et des litres de produits inflammables. D'une voiture à l'autre, le feu s'est tracé une ligne droite vers le hangar. Les premières flammes passent désormais sous la grande porte de tôle et le rideau de fer. Les premières bonbonnes de white-spirit détonent à l'intérieur. Un pompier, le visage noirci, fait signe d'abandonner les lances et de faire manœuvrer les camions en arrière. L'explosion roule une vague sur le parking, et met les trois camions rouges au garde-à-vous. Plus une vitre n'est intacte jusqu'à Delaware. L'onde de choc répand au sol le butin d'un groupe de pillards. Sur la 18e, des postes de télévision et du matériel hi-fi jonchent la chaussée. Les riverains, venus prêter main-forte aux secours, se bousculent ; les émeutiers et les badauds courent dans tous les sens, cherchant à sortir de l'épais brouillard qui se dégage des ruines carbonisées.

Au milieu du chaos, deux voitures de police surgissent. Une dizaine de policiers chassent la foule vers le trottoir et les jardins.

La cavalerie apparaît dans une cacophonie de sirènes deux-tons. Le même contingent de la garde nationale qui fut dépêché à la suite du jugement dans l'affaire Rodney King. Une centaine de gardes prennent position à l'angle du Woodlawn Cemetery. M-16 en main, cintrés dans leur gilet pare-balles, la visière rabattue. Quelques véhicules de patrouille s'écartent sur leur passage, certains s'entrechoquent ou viennent se planter dans le bas-côté.

Au cours des dernières heures, de nombreuses voitures tentent d'évacuer le secteur et provoquent un embouteillage monstre sur toutes les voies du Santa Monica Freeway.

Cinq voitures de police sortent du parking du centre commercial. La baie vitrée et la signalétique monumentale SANTA MONICA PLACE ne sont plus qu'une charpente noircie et fumante. Des lettres-boîtiers gigantesques en altuglas oscillent lentement dans le vide, retenues par des câbles électriques. Les policiers, à bout de nerfs, descendent de voiture et chassent sans ménagement des Japonais qui posaient sous l'armature menaçante. Deux camions de pompiers entrent en scène.

Un épais smog étend son manteau opaque depuis Palisades Beach Road et vient mourir au pied de Brentwood. Les arrestations s'enchaînent. On balaie les premiers débris, les caniveaux charrient des torrents d'objets, canettes vides, flacons éventrés.

Malgré le mauvais temps, des riverains pansent les plaies du centre commercial. Un peu plus loin, trois pompiers abattent un arbre noir. Plus loin encore, une famille consolide un mur avec des étais et du bois de récupération. Les sirènes de police se font plus discrètes et laissent la place au bal des ambulances. Le calme semble revenu.

Les feuilles tourbillonnent dans les rues, éclairs, c'est la nuit sur Santa Monica.

LE RÉVEIL D'ADA

… Je m'appelle Ada Klumbert, j'ai soixante-six ans. Mes paupières sont collantes. Le plafond de la chambre est blanc. Je suis rassurée pour Herzog, il est assis sur une chaise en plastique blanc à côté du lit et sourit doucement… Il me dit que tout va bien, que j'ai fait un malaise vagal pendant sa première sortie. Mon fils a quarante ans depuis la semaine dernière, je ne sais plus si je lui ai envoyé un mot pour l'occasion.

AARON TUBIANA (le gros chauve) ET ARRESTATION

Je passe me changer à l'appartement. Malgré la fatigue et quelques mauvaises rencontres, je ne peux m'empêcher de ressortir. Je longe Pico en survêtement de training, la capuche rabattue sur le visage à cause de la pluie fine. Sur le trottoir, un gros monsieur chauve psalmodie. Des papiers gras, des feuilles et des branches lui volent à la figure. Il porte un pull ras du cou déformé, une veste sombre affaissée aux épaulettes et un vieux pantalon de toile grise tombant sur de lourdes chaussures de randonnée. Sa transe redouble. Il avance, penché face aux rafales. Plus elles se font violentes et plus il porte la voix, à la manière d'un télé-évangéliste fou. Il me dévisage comme s'il venait de rencontrer l'Antéchrist en personne.

— Il y a un problème ?

Il se jette sous les roues d'une ambulance lancée à pleine vitesse. SCHPEUHHH ! Le chauffeur et deux infirmiers descendent du camion et tentent d'écarter les badauds. Une partie du corps de la victime semble posée sur le capot tandis que les membres inférieurs disparaissent sous le pare-chocs avant de l'ambulance. Les commentaires vont bon train :

— Il a l'air dans un sale état.
— Où est le reste du corps ?
— Il aurait pu tomber plus mal ! s'amuse un passant aviné.
— Tournez-vous, les enfants, c'est pas beau à voir.
— Circulez, circulez, putain ! Vous êtes pas au cirque !

— Un SDF éclaté, j'te dis, connasse ! C'est moi qui lui ai roulé dessus ! Quand t'auras fini d'sucer des bites, contacte le bloc !

La standardiste des urgences lui a beuglé qu'il aille "se faire enculer avec son ambulance et son SDF sur le capot". Un peu plus loin, la carcasse d'un camion calciné fume encore malgré la pluie. Je chasse un débris avec la pointe de ma chaussure de tennis. Des lambeaux de rubalise jonchent le sol. Ça m'intrigue mais je n'ai pas le temps de m'approcher de l'épave.

— C'est la police, monsieur, les mains sur la tête !

Deux véhicules de patrouille se garent en épi à ma hauteur à grand renfort de sirènes deux-tons. Un flic ouvre la portière et pointe son arme dans ma direction. Un Beretta 9 millimètres.

— Police de Los Angeles !

(Sans blague…)

— A terre !

Je m'exécute en réprimant un frisson. Paumes visibles, je lève les mains et fléchis les genoux, par instinct (j'ai dû voir ça dans une mauvaise série). Un autre flic s'avance, il me tient également en joue. Dans le fond, trois personnes sortent d'un break. Un ado en K-way bleu marine et gris risque une tête hors du break et me montre du doigt. Je pose délicatement les genoux au sol, la pluie noircit déjà la toile de mon survêtement au niveau des rotules. Et puis je m'incline, très lentement, précédant la sommation :

— Face contre terre !

Je plaque mon visage contre le goudron, jusqu'à le goûter, paupières fermées, mains bien à plat en évidence quand une chaussure de flic commence à exercer une pression entre mes omoplates.

— Humbert Kroombed, vous êtes en état d'arrestation pour harcèlement et meurtre sur personne mineure. Vous avez le droit de garder le silence, tout ce que vous direz pourra être retenu contre vous. Si vous n'avez pas d'avocat, nous vous en commettrons un d'office. Est-ce que vous avez compris la lecture vos droits ?

— … (J'ai opiné, incapable d'aligner un mot.)

— Est-ce qu'il s'agit de cet homme, mon garçon ?

Jesse a hoché la tête.

— … C'est lui. C'est l'homme.

Une paire de menottes se referme instantanément sur mes avant-bras, la fine peau du poignet gauche se pince même dans la charnière.

— Clic !

Deux agents en uniforme me conduisent à la salle d'interrogatoire improvisée dans l'ancienne permanence républicaine pro-Bush de Pico. Des posters électoraux recouvrent les murs. Des hommes en coupe-vent FBI s'essuient les cheveux avec une serviette éponge. Dans un coin, le procureur adjoint de Los Angeles répète dans un téléphone cellulaire :

— Tout va bien, chérie, tout va bien…

Et un homme portant mitre et chasuble, menotté au radiateur, hurle qu'il veut voir son avocat. Eclairage par gamelles halogènes encastrées dans le plafond technique en laine de roche, table rectangulaire en stratifié malachite, chaises Klumbert de part et d'autre et un officier en holster et manches de chemise retroussées. Le commissaire Feldspath remplit une fiche de type QCM. L'homme est à bout, mais le contre-jour est trop fort pour que je puisse le détailler. On m'indique le protocole. Cliché anthropométrique profil/face. Le flash au tungstène m'inflige une persistance rétinienne violette. On me presse les doigts sur un tampon encré et on les reporte sur une fiche de bristol à cases rectangulaires. L'agent McHuen me tend un kleenex pour éponger l'encre grasse.

Au même moment, à cinq cents mètres de là, le pasteur Wyatt clôture l'office :

— La Bible décrit bien comment Jésus le Christ pria, au pied du mont des Oliviers. Etant à l'agonie, il priait plus instamment, et ce malgré l'éminence tragique de ses souffrances. Alors priez, mes frères, et armez-vous de foi pour sortir des chaos. Allez dans la paix du Christ !

A quoi la foule transportée répond :

— Nous rendons grâce à Dieu !

A l'aéroport Tom Bradley, tous les avions sont cloués au sol.

Sur Santa Monica Freeway, les automobilistes s'apprêtent à passer la nuit dans leur véhicule. Dehors c'est la tempête.

Quelques minutes passent. On me fait sortir de la permanence d'interrogatoire, toujours menotté. Docile, je monte à l'arrière d'un véhicule banalisé, une Ford Taurus, coiffée d'un gyrophare de cabine aimanté.

Nous longeons Pico avant d'amorcer un virage à gauche en direction de Cloverfield Boulevard. Bien calé sur la banquette arrière en skaï taupe, j'ai la

---

DESCRIPTION DE LA PROCÉDURE D'INTERNEMENT
ARRESTATION SIMPLIFIÉE
FORMULAIRE E 1849. CIRCULAIRE DE NIVEAU PRIORITAIRE. LAPD

Toute personne à l'origine d'un trouble de l'ordre public pouvant revêtir un caractère menaçant fera l'objet d'une procédure d'incarcération d'urgence et/ou d'une injonction thérapeutique. En coordination avec le LAFD, les services d'urgence et les secouristes bénévoles, le LAPD établit ce qui suit :

Lorsque la prise en charge d'individus représente un danger suffisant, les secours pourront procéder à une sédation ou à des mesures de contention physique (sanglage du sujet sur une civière en vue de son transport).

Dans le cadre de la juridiction compétente et selon les règles de proximité, le prévenu sera orienté avec l'appui des forces de l'ordre vers le service *ad hoc* dans l'attente de son jugement.

vision fugitive d'un vieux souriant, sur le marchepied d'un bus. Le temps de chasser la buée de la vitre, il n'est plus là. Un Greyhound, le bus, mais je n'en suis pas sûr.

Sur la droite on distingue à présent la voie d'accélération qui mène à l'autoroute et deux motards de la California Highway Patrol qui rabattent les véhicules sur le côté gauche de la chaussée. J'ai repris un peu d'aplomb.

— Où m'emmenez-vous, officier ? Ce n'est pas le chemin du Parker Center !

— Procédure simplifiée… cause des émeutes… Tenez-vous tranquille, Krumpet.

EMBARQUEMENT POUR LA JOLLA

Le chauffeur du Greyhound n'a pas fait de problème. Il a juste poussé un soupir lorsque Bob a présenté ce qu'il prétendait être un bon d'échange (en fait un prospectus publicitaire).

— La Jolla, voilà mon billet. Dites donc, vous en avez mis un temps !

Le vieillard se faufile à l'arrière du bus, avant de prendre ses aises sur deux sièges du fond. Il presse son journal contre sa poitrine et sifflote gaiement.

— Martha ne devrait plus tarder, maintenant.

L'autocar s'ébranle à présent. Deux cents mètres plus loin, deux ambulanciers font signe d'arrêter et grimpent à bord.

— C'est bon, il est là.
— Qu'est-ce que c'est encore ? C'est pas vrai, vous êtes emmerdants à la fin !

*

Vous êtes bien chez Gabrielle, Marvin, Herb et July, nous ne sommes pas là… lalala ! BEEEP !

— Gab, c'est moi. Je suis encore d'astreinte. Depuis le speech du maire, c'est le feu. Il y avait des huiles et même les mecs de la garde républicaine. Ne m'attends pas cette nuit… Je vais dormir au bureau… Ça ne m'amuse pas plus que toi.

Il raccroche le combiné mural et traverse le couloir. Au programme de la soirée, reprise de l'interrogatoire d'une petite frappe de Watts. A son actif : destruction de vitrine avec une voiture-bélier et divers incendies de poubelles. Big Taylor raclait la chaîne des menottes contre la fonte du radiateur quand il est entré.

— Alors Biggie…

A genoux, le morse s'agite dans son t-shirt jaune "Notorious". Un disque de sueur s'élargit sur sa poitrine. La sueur le prend à la gorge mais Marvin enchaîne en biffant sa fiche de renseignements :

— Nom, prénom, âge, profession.

— J'cause pas aux salopes de flics ! Va sucer ta mère, enculé !

— Moi non plus j'aime pas la paperasse, Biggie !

Marv dispose ses fiches sur la table de réunion. Sans lâcher le prévenu du regard, il décroche l'extincteur de bureau au-dessus du radiateur, il doit bien faire dans les dix kilos. Sans tenir compte des rugissements du gros, il fait pivoter les lames de store à la verticale pour occulter la vue et verrouille la poignée de la porte.

— Qu'est-ce tu fous, salope de flic ? Viens là, putain, j'vais t'mettre ta race, j'vais t'défoncer la gueule, putain !

La base du radiateur se soulève par à-coups, mais pas suffisamment pour libérer l'entrave. Marvin met l'extincteur bien en évidence sur une chaise en plastique et s'allume une Winston, comme si de rien n'était.

— Biggie, tu vas dire : Pardon, commissaire Feldspath, je ne sais pas ce qui m'a pris, mes paroles ont dépassé ma pensée, ou un truc dans ce goût-là.

Le gros reste d'abord interdit et puis se transforme en boule de nerfs.

— Va crever ! J'nique ta mère, je… 'culé d'ta race !

Marv empoigne l'extincteur et contourne la masse en évitant les ruades. Maintenant, Biggie est une proie facile. Face à l'énorme dos, Marv peut faire cliqueter le barillet de son arme de service et promener le canon, des omoplates à la monumentale raie du cul qui déborde du jean.

— J'ai deux gosses… Depuis les émeutes, ma femme est sous somnifs. Quand je pars le matin, je sais que je vais peut-être pas rentrer le soir. J'gagne pas des mille et des cents, mais j'suis un bon flic, honnête, tout ça. Depuis Rodney King, on se fait chier sur la gueule à longueur de journée. Mais faut rester calme, pas vrai, Biggie ?

Big Taylor n'a pas vu la lueur qui a traversé le regard du policier à ce moment-là. Sûr que s'il l'avait captée, il serait parti en courant avec son radiateur sur le dos.

— Tu vois, Biggie, moi, j'suis pas Charles Bronson, mais faut pas m'pousser trop. Tu sais combien de temps j'ai dormi en deux semaines, hein, gros ?

Il a enfoncé un peu plus le canon dans la chair molle du dos.

— Sais… Sais pas m'sieu.

— Cinq heures. Cinq heures en deux semaines et pourquoi, en fin de compte ? Hein ?

— Sais pas, m'sieu.

— Pour me faire pourrir la gueule par Big Taylor, c'est l'pompon, hein ? J'suis fatigué Biggie, tu sais ça ? J'suis fatigué… fatigué, Biggie, Biggie.

La plainte de Marv va crescendo jusqu'à emplir la pièce.

— Faut pas m'causer comme ça, Biggie. Tu vois, le respect, c'est hyper-important.

Il a maintenant les larmes aux yeux et renifle fort.

— Faut pas m'causer comme ça, Biggie.

L'extincteur s'abat sur le crâne du gros dans un bruit de planche cassée. Le sang mouchette le mur, et le haut du radiateur et le t-shirt jaune aussi. Marv continue à s'adresser au corps sans vie du garçon, il ressemble désormais aux angelots grassouillets des fontaines. Un ruban de sang tombe de son crâne défoncé.

— J'suis fatigué Biggie… Fatigué… Je vais te détacher et on va rester bons amis, d'accord ?

Le corps lourd roule sur le côté, dans le sang. Feldspath déplie un lit de camp, près du cadavre, et puis il éteint la lumière. La pièce baigne dans une pénombre zébrée quand il pousse le canon de son arme à deux mains dans sa propre bouche jusqu'à se faire vomir. C'est froid.

PAN ! Une main frappe la table de réunion.

— Ho ! Feldie, t'es avec nous ?

Le commissaire sursaute sur sa chaise en plastique, ses collègues attablés ricanent en chœur.

— … Putain, tu m'as foutu les jetons. Merde !

— Passe-toi la tête sous l'eau, on peut s'occuper du gros d'Inglewood. Il paraît qu'il a fait cramer un camion et les pompiers avec !

— Le pyro ? Il est de Watts. Mais c'est bon, j'y vais. J'suis juste un peu rincé, c'est tout.

— Il est dans la 127, amuse-toi bien.

Il pousse la porte d'une pièce borgne faiblement éclairée par une rampe de tubes fluorescents. Sur la table, un formulaire, quelques stylos et des pièces à conviction emmaillotées dans du film étirable : un trousseau de clés, une pipe à crack, un canif, deux jerrycans d'essence et un Zippo. Marv referme la porte. Au fond de la pièce, le menotté commence à slammer sec. Avant qu'il entame un deuxième couplet, le policier roule une boule de papier et la lui fourre dans le gosier par surprise. Ensuite, il fait quatre fois le tour de sa tête avec le film étirable et vide tranquillement le contenu du jerrycan sur la table. La mare de carburant se déverse jusqu'au radiateur et commence à imprégner le jean baggy du gros garçon adossé au radiateur. Deux soucoupes à la place des yeux, il hennit en suivant le manège du flic. L'odeur d'essence emplit doucement la pièce et Feld chantonne entre ses dents :

— … come on baby light my fire, come on baby light my fire.

Les soucoupes se transforment en assiettes à dessert et le gros tente de desceller le radiateur auquel il est attaché.

Marv a farfouillé dans sa poche et gobé deux Halcyon cul sec. Il s'allume une Winston avec le Zippo et s'agenouille près du gras-double en déverrouillant un bracelet, puis deux.

— Vas-y, cogne, petit ! N'aie pas peur de m'faire mal !

Le gros ne se fait pas prier. Il décoche un énorme coup de boule. Le nez éclaté, Marv recule d'un mètre et considère cc qui lui reste de cartilage entre ses doigts. Il étale le sang sur sa figure comme une peinture de guerre et affiche un rictus. Le gros semble voir clair dans les desseins du flic.

— *… try to set the night on… Fire !!!*

D'une pichenette, il propulse le mégot orangé sur la table qui s'embrase sur-le-champ et balance le jerrycan vide à la tronche de Biggie. Deux lignes de feu se dessinent immédiatement, l'une vers le radiateur, l'autre vers le jerrycan plein. Avant que la flamme atteigne le bidon jaune, Marv et Big Taylor se ruent vers la sortie. Les vitres et les stores volent en éclats. Marv a une porte calcinée sur le dos, le holster par-dessus la tête, ses côtes et son nez l'élancent terriblement. Roulé en boule à ses côtés, sur le lino du couloir, le pyro ânonne :

— … and our love become a funeral pyre.

L'alarme-incendie provoque un attroupement malgré les débris et le verre qui retombent en pluie fine. Il y a des flics en civil et d'autres en uniforme. Le chef de département repousse Biggie du pied.

— Oh merde, Feld, t'es avec nous ?

— C'est bon, c'est bon. Je veux juste que tu m'signes un arrêt de travail. Appelle ma femme, dis-lui que je rentre… Et qu'elle se fasse livrer une bouteille de chianti et un poulet de chez Roscoe. J'ai une faim de loup.

L'ARRIVÉE
A L'ABRAHAM MEMORIAL HOSPITAL

Au panneau SANTA MONICA FREEWAY EAST nous tournons à droite, et il ne nous faut pas moins d'une demi-heure pour parcourir deux kilomètres d'autoroute. On emprunte ensuite l'embranchement SAN DIEGO FREEWAY NORTH/SACRAMENTO et on coupe par l'Interstate 405. Les voies sont pratiquement désertes à ce niveau. Puis on suit MORAGA DRIVE et finalement N. SEPULVEDA BOULEVARD. La Ford roule de plus en plus vite alors que nous abordons les premiers lacets de Brentwood. L'officier McHuen est cintré dans son holster, il transpire beaucoup, tire sur une Peter, enroule le câble du micro autour de son poignet en s'épongeant le front, déplace le curseur de la radio, revient sur les fréquences de la police. Les virages se succèdent et me donnent le mal de mer. Ballotté de gauche à droite, je tente de compenser avec les pieds, écrasant finalement mon nez sur la séparation grillagée, à la faveur d'un coup de patin. L'officier pouffe et se tape le biceps, il s'éponge encore avec un coin de chemise et manque la sortie. Il enclenche le rapport et fait marche arrière sur la bande non goudronnée. Enfin, il tourne à gauche et s'engage sur Abraham Memorial Drive. Je me tiens tranquille à l'arrière, il me signifie la fin du voyage :

— Abraham Memorial Psychiatric, terminus !

A travers la pluie battante et la condensation que je chasse avec ma capuche, j'ai une vision d'épouvante – l'Abraham Memorial Hospital –, trois barres de béton en étoile, dressées sur des pilotis monumentaux. A l'axe se dresse un cylindre gigantesque coiffé d'un dôme. En surface, l'accès est protégé par une rampe en aile de mouette qui s'étend du noyau central au débarcadère. De loin, la perspective et les

---

ABRAHAM MEMORIAL HOSPITAL,
UN FLEURON DE STYLE NÉO-INTERNATIONAL

L'Abraham Memorial Hospital de Brentwood représente une surface bâtie de 666 000 mètres carrés, répartie en trois ailes convergeant vers un axe cylindrique.

L'aile nord-ouest dédiée à la psychiatrie s'articule sur quinze niveaux. Les deux plateaux sous le rez-de-chaussée sont consacrés aux vestiaires du personnel soignant et à la machinerie.

Les chambres et les locaux de séjour occupent les façades et les sous-sols. On dénombre près d'une quinzaine de pôles connexes : unité de psychiatrie adulte, unité hospitalière de réhabilitation, service de psychogériatrie, unité de long séjour, service de consultation psychiatrique, centre thérapeutique de jour, consultation ambulatoire, unité spécialisée, unité de soins aigus, psychiatrie carcérale, hôpital de jour. Encore plus en profondeur, on trouve les chambres réfrigérées et les ateliers de la morgue.

Le centre d'hospitalisation (aile sud) est irrigué par deux passerelles longitudinales.

éclairs accentuent mon impression. Les façades monumentales sont mouchetées de petits carrés de verre, des fenêtres noires ou d'un vert fluorescent. L'avancée couverte des admissions repose sous une dalle immense, le parking, dont je devine déjà l'effervescence et les gyrophares, est irrigué par une rampe d'accès elle-même enroulée dans une bande goudronnée bordée d'arbres secs, chahutés par le vent violent.

Les portes battantes s'ouvrent dans un courant d'air, elles sont vert pâle avec un hublot et une bande inox en partie basse. Moi, je ne bronche pas. Tout cela va trop vite. Les hommes en blouse "Abraham Memorial Psychiatric" me tiennent fort par les épaules. On va Dieu sait où, je n'ai même pas idée de l'heure qu'il est. Des couloirs, des couloirs à n'en plus finir et des portes qui blessent et je m'y cogne et je m'y recogne. On me traîne comme un paquet, je patine sur le lino gris hôpital. Mes

---

La première dessert les urgences et les soins intensifs chirurgicaux. Le rez-de-chaussée accueille les salles de radiologie classique et d'imagerie scanner/IRM, et un quartier d'échographie-endoscopie.

La deuxième dessert le secteur orthopédie-neurologie et les plateaux de consultation ambulatoire.

L'aile nord-est est répartie entre les laboratoires de biologie clinique en surface et des unités de recherche gouvernementales en sous-sol.

A l'axe se dresse un bâtiment de forme cylindrique surmonté d'un dôme ajouré. En son sein, le hall d'accueil se prolonge à l'extérieur. Les sous-sols renferment un centre commercial, cinq niveaux de parkings souterrains en hélice. Plus bas encore, une dalle de 25 mètres d'épaisseur abrite les locaux techniques à haute énergie : une centrale électrique autonome, les machineries d'ascenseurs, les chaudières et les circuits de départ hydraulique.

En surface, l'accès est protégé par une rampe monumentale qui s'étend du noyau central au parc de stationnement aérien.

semelles crissent. Comme au tennis, quand on joue à l'intérieur.

— J'ai l'objet en visuel, je décroche à gauche pour un survol immédiat ! Après les sommations d'usage, je tirerai un ou deux coups de semonce. Over ?

— Oh, Foots, la ferme !

Les internes cognent au hublot après avoir entendu gémir un ex-officier de l'US Air Force, âgé d'une soixantaine d'années.

LE LIEUTENANT-COLONEL HOWARD MICHAEL FOOTSBARN

Agglomération de Parkinsonville, le 7 janvier 1966. 1:45 p.m. Un disque argenté est aperçu par le chef de pistes de l'aérodrome militaire de Kenworth. Le lieutenant-colonel Footsbarn décolle à bord d'un Lockheed F-104 Starfighter en compagnie de deux pilotes de chasse chevronnés. 2:45 p.m., Footsbarn décide de survoler l'objet, désormais stationnaire, et disparaît des écrans radar. Après de longues heures de silence radio, le F-104 est considéré comme définitivement perdu. C'est un agriculteur de l'Arkansas qui découvre Footsbarn, à 500 kilomètres de la base de Kenworth. Ce dernier, hagard, ceinturé dans son siège éjectable intact, paraissait posé dans le champ. Au milieu des débris évaporés du Lockheed. Un hélicoptère Vertol-Piazeki H21C (dit "banane") est dépêché sur place pour récupérer l'officier. Les infirmiers l'ont arrimé sur le brancard et escorté vers un centre d'études non répertorié. H. M. Footsbarn est officiellement décédé lors d'un exercice en vol à bord d'un prototype de chasseur F-15 McDonnell Douglas (ce dernier n'existera réellement à l'état de prototype que deux ans plus tard). Le colonel bénéficiera de funérailles officielles et d'un cercueil vide. Le nom de Howard "Howie" Michael Footsbarn rejoint un dossier suspendu, lui-même dans un casier gris rectangulaire, compartiment C 3, septième sous-sol, juste sous les bâtiments de la General Services Administration de Fairfax. Des niveaux qui n'existent pas officiellement, un bunker souterrain, traversé par 60 kilomètres de galeries.

Ça ressemble à l'institut Salk. En fait c'est exactement l'idée que je m'en fais, de l'intérieur. Il s'agit vraisemblablement d'une unité psychiatrique. Dans ma cellule, murs blancs et sol capitonnés. Chaise Klumbert en polypropylène crème et table basse en mélaminé blanc, bords adoucis et chants plaqués noirs.

Le carré parfait.

AARON TUBIANA

L'interne note les informations suivantes sur le cahier de recueil des données.

Le polytraumatisé est un marginal connu des services sociaux sous le nom d'Aaron Tubiana. Il est porteur de nombreuses lésions, motivant un recensement clinique des lésions osseuses et une évaluation neurologique ainsi que son transfert immédiat au bloc opératoire. On observe un traumatisme crânien, un traumatisme cervical, une détresse respiratoire consécutive à une compression thoraco-abdominale.

Le visage est jaune, la peau moite, tuméfiée par endroits. Arythmie du pouls et troubles circulatoires avec forte baisse de tension.

Le chariot d'urgence avancé, on fait rouler la table-pont par-dessus le brancard, entre la table à instruments et le chariot d'anesthésie. Un infirmier dispose les champs stériles bleu pâle, pendant qu'un autre introduit une sonde métallique dans le larynx pour engager la ventilation artificielle, un autre encore remplace le dispositif de perfusion par intraveineuse.

Les regards de l'anesthésiste, du chirurgien orthopédiste et du chirurgien vasculaire sont sans équivoque : le pronostic vital est réservé.

UNE QUESTION D'URGENCES

L'odeur de chair roussie, d'antiseptique et de sueur monte aux narines de l'interne, jusqu'à lui faire couler des larmes.

— Pardon, poussez-vous, pour l'amour du ciel, dégagez le passage !

Il se fraye un chemin jusqu'au bloc, mais une main solide le colle à la porte du 23.

— Docteur Friedkin, que…

En guise de réponse, le chirurgien fait pivoter le visage du jeune homme vers le hublot. Derrière le disque de verre se déroule une scène terrifiante. Deux chirurgiens aux prises avec un véritable meccano en viande.

— Vous apprendrez qu'il existe une hiérarchie, même dans l'horreur. Il me semble que ce soir, votre "accident domestique" peut attendre.

Désormais sourd aux protestations qui montent de sous la housse, l'interne effectue un demi-tour avec le brancard et rejoint docilement la zone tampon…

ROBERT HAMILTON THOMAS SR

Pendant ce temps, Robert Hamilton Thomas Sr rejoint les admissions encadré par deux internes en blouse "Abraham Memorial Psychiatric". Sans lever le nez de son *Fairfax Sentinel* du 27 juillet 1978 (indéchiffrable à ce stade), il est reconduit à sa chambre après une énième escapade. Alors qu'il tentait de monter à bord d'un Greyhound, le chauffeur a contacté la police avec son téléphone cellulaire. Des infirmiers dépêchés sur place ont finalement ramené le vieil amnésique à Abraham. Il bénéficie d'une petite notoriété auprès de nombreux services psychiatriques des Etats-Unis, depuis qu'on l'a retrouvé le 2 janvier 1980, errant dans le hall de la Penn Station de New York, sans papiers d'identité. Il y a eu aussi Parkinsonville, Maricopa, Croydon, Austin, La Jolla, Cincinnati…

— Monsieur Memo est de retour au bercail ? Vous avez bien failli rater la rediff de *Dallas*. La balade était bonne au moins ?

Robert Hamilton Thomas abat son journal sur la tête de l'infirmier.

— Mets un genou en terre, impur ! Ou tu finiras au courrier, comme ce tire-au-flanc de Rembrandt !

Sans s'arrêter de gifler l'interne, il se tourne vers la droite :

— Sarrasins ! Louez le ciel d'avoir croisé ma route, car je serai l'instrument de votre salut, par la Bonté divine ! (Ses coups redoublent de violence et déclenchent l'hilarité du personnel soignant.) Allez, conduisez-moi à ma chambre au lieu de ricaner ! Ce soir, John Ross Ewing va être tué par balle dans son bureau… Et je ne veux pas de gratin de brocolis de la veille, j'exige du thé et des scones !… Sinon, je me fais pipi dessus ! Et je refuse qu'on prenne ma température après minuit. Demain, je dois me lever tôt.

OLETA HERR-EMM

Oleta Herr-Emm a rempli le cahier d'émargement des admissions d'Abraham à l'heure convenue. C'est une ponctuelle. Depuis trois ans déjà, elle est autorisée à sortir de 8 a.m. à 12 a.m. et de 3 p.m. à 8 p.m.

Elle est rentrée depuis quarante-cinq minutes. Elle lisse le drap de dessus et aligne la lampe avec le coin de la table de chevet. Elle vient de finir de ranger sa chambre et défait son chignon devant la glace. Elle enlève ses chaussures à talons, son corsaire, dégrafe ses bas. Elle fait glisser son top noir et son soutien-gorge. Ils rejoignent ses affaires posées sur la chaise empilable devant la porte. Elle aligne un porte-savon, un verre à dents et s'avance dans la douche. Elle repense à l'homme de la cafétéria, il avait l'air très ordonné. C'est bien. L'eau commence à couler, elle passe deux doigts glycérinés entre ses jambes et masse légèrement, mais pas trop. Ce serait mal. Après elle ira se coucher dans des draps tendus et restera bien droite en attendant le sommeil. Sur la tête de lit, il y a un porte-fiche sur lequel on peut lire son nom, son prénom, son âge et la raison de son séjour :

Troubles obsessionnels compulsifs.

TOC, qu'ils disent.

Quant à moi, je ne crois pas avoir tué la fille de la benne à ordures.

11 p.m., extinction des feux pour l'aile nord-ouest d'Abraham Memorial Hospital.

— Clic !

Vous n'êtes pas obligés de me croire…

Robin Day
Robin Day

ÉPILOGUE

Humbert,

Votre père est sorti de cardiologie depuis une semaine maintenant. Chaque jour, il marche pendant une heure, parfois deux. Il reprend du poids et des couleurs. Je retrouve moi-même des forces. Les trois dernières semaines à veiller Herzog m'ont épuisée. Le professeur Gombrich est optimiste, si tout va bien nous prendrons l'avion fin juin pour vous rejoindre. J'ai hâte de faire la connaissance de votre compagne.

Affectueusement.

ADA

OUVRAGE RÉALISÉ
PAR L'ATELIER GRAPHIQUE ACTES SUD
ACHEVÉ D'IMPRIMER
EN MARS 2007
PAR L'IMPRIMERIE FLOCH
A MAYENNE
POUR LE COMPTE DES ÉDITIONS
ACTES SUD
LE MÉJAN
PLACE NINA-BERBEROVA
13200 ARLES

DÉPÔT LÉGAL
1re ÉDITION : AVRIL 2007
N° impr. : 67942
(Imprimé en France)